湖畔夜饮醉

丰子恺 巴金 等◎著

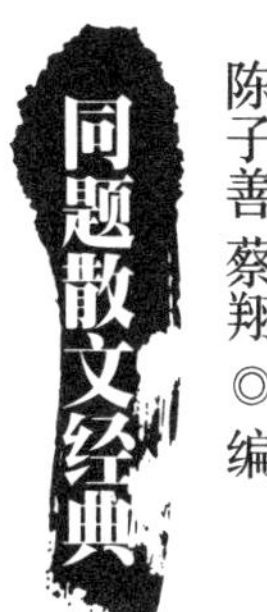

陈子善 蔡翔◎编

人民文学出版社

图书在版编目(CIP)数据

湖畔夜饮 醉/丰子恺等著;陈子善,蔡翔编.
—北京:人民文学出版社,2017
(同题散文经典)
ISBN 978-7-02-012624-8

Ⅰ.①湖… Ⅱ.①丰… ②陈… ③蔡… Ⅲ.①散文集
-中国-现代②散文集-中国-当代 Ⅳ.①I266

中国版本图书馆CIP数据核字(2017)第072196号

责任编辑:叶显林 尚 飞
装帧设计:李 佳

出版发行 人民文学出版社
社 址 北京市朝内大街166号
邮政编码 100705
网 址 http://www.rw-cn.com

印 刷 山东德州新华印务有限责任公司
经 销 全国新华书店等

开 本 890毫米×1240毫米 1/32
印 张 6.75
插 页 2
字 数 140千字
版 次 2007年12月北京第1版
印 次 2017年7月第1次印刷

书 号 978-7-02-012624-8
定 价 32.00元

编辑例言

中国素来是散文大国，古之文章，已传唱千世。而至现代，散文再度勃兴，名篇佳作，亦不胜枚举。散文一体，论者尽有不同解释，但涉及风格之丰富多样，语言之精湛凝练，名家又皆首肯之。因此，在时下“图像时代”或曰“速食文化”的阅读气氛中，重读散文经典，便又有了感觉母语魅力的意义。

本着这样的心愿，我们对中国现当代的散文名篇进行了重新的分类编选。比如，春、夏、秋、冬，比如风、花、雪、月等等。这样的分类编选，可能会被时贤议为机械，但其好处却在于每册的内容相对集中，似乎也更方便一般读者的阅读。

这套丛书将分批编选出版，并冠之以不同名称。选文中一些现代作家的行文习惯和用词可能与当下的规范不一致，为尊重历史原貌，一律不予更动。考虑到丛书主要面向一般读者，选文不再注明出处。由于编选者识见有限，挂一漏万在所难免，因此，遗珠之憾也将存在。这些都只能在编选过程中逐步弥补，敬请读者诸君多多指教。

目录

谈酒 …………………… 周作人 1

酒话 …………………… 黄　裳 5

酒话 …………………… 陆文夫 7

酒吃 …………………… 从维熙 11

借题话旧 ……………… 方　成 16

饮酒 …………………… 梁实秋 20

独饮小记 ……………… 洛　夫 24

湖畔夜饮 ……………… 丰子恺 29

吃酒 …………………… 丰子恺 33

我的喝酒 ……………… 王　蒙 37

诗人与酒 ……………… 洛　夫 45

酒前高人 ……………… 柳　萌 50

路上遇到的酒鬼 ……… 南　子 53

马丁尼之恋 …………… 刘绍铭 56

酒 …………………… 钱君匋 59

酒 …………………… 柯　灵 63

酒 …………………… 贾平凹 69

利口酒 ………………… 张　炜 72

瓶中何物 ……………… 周　涛 79

醉 …………………… 巴　金 85

醉酒 …………………… 黄　裳 87

醉福 …………………… 忆明珠 91

做鬼亦陶然 …………… 陆文夫 96

壶边天下 ……………… 高晓声 99

酒醉台北 ……………… 从维熙 109

飞觞醉月 ……………… 林清玄 113

微醉之后 ……………… 石评梅 131

醉后 …………………… 庐　隐 134

醉酒 …………………… 赵　凝 138

醉也难不醉也难 ……… 张　洁 140

酒不醉女人 …………… 叶　梦 143

斗酒不过三杯 ………… 舒　婷 145

劝酒 …………………… 谌　容 149
酒和方便面 ……………… 宗　璞 152
清芬的酒味 ……………… 苏　叶 156
酒婆 …………………… 冯骥才 160
母亲的酒 ……………… 李国文 163

醉 ……………………… 巴　金 167
醉 ……………………… 蔡　澜 172
何以解忧？ …………… 余光中 174
醉丹青 ………………… 鲁　光 187
野花香醉后 …………… 孙福熙 192
茶之醉 ………………… 叶文玲 196
茶醉 …………………… 姚宜瑛 199

谈酒

◎周作人

这个年头儿，喝酒倒是很有意思的。我虽是京兆人，却生长在东南的海边，是出产酒的有名地方。我的舅父和姑父家里时常做几缸自用的酒，但我终于不知道酒是怎么做法，只觉得所用的大约是糯米，因为儿歌里说，“老酒糯米做，吃得变nionio”——末一字是本地叫猪的俗语。做酒的方法与器具似乎都很简单，只有煮的时候的手法极不容易，非有经验的工人不办，平常做酒的人家大抵聘请一个人来，俗称“酒头工”，以自己不能喝酒者为最上，叫他专管鉴定煮酒的时节。有一个远房亲戚，我们叫他“七斤公公”，——他是我舅父的族叔，但是在他家里做短工，所以舅母只叫他作“七斤老”，有时也听见她叫“老七斤”，是这样的酒头工，每年去帮人家做酒；他喜吸旱烟，说玩话，打马将，但是不大喝酒（海边的人喝一两碗是不算能喝，照市价计算也不值十文钱的酒），所以生意很好，时常跑一二百里路被招到诸暨嵊县去。据他说这实在并不难，只需走到缸边屈着身听，听见里边起泡的声音切切察察的，好像是螃蟹吐沫（儿童称为蟹煮饭）的样子，便拿来煮就得了；早一点酒还未成，迟一点就变酸了。但是怎么是恰好的时期，别人仍不能知道，只有听熟的耳朵才能够断定，正如古董家的眼睛辨别古物一样。

大人家饮酒多用酒盅，以表示其斯文，实在是不对的。正当的喝法是用一种酒碗，浅而大，底有高足，可以说是古已有之的香槟杯。平常起码总是两碗，合一“串筒”，价值似是六文一碗。串筒略如倒写的凸字，上下部如一与三之比，以洋铁为之，无盖无嘴，可倒而不可筛，据好酒家说酒以倒为正宗，筛出来的不大好吃。唯酒保好于量酒之前先“荡”（置水于器内，摇荡而洗涤之谓）串筒，荡后往往将清水之一部分留在筒内，客嫌酒淡，常起争执，故喝酒老手必先戒堂倌以勿荡串筒，并监视其量好放在温酒架上。能饮者多索竹叶青，通称曰“本色”，“元红”系状元红之略，则着色者，唯外行人喜饮之。在外省有所谓花雕者，唯本地酒店中却没有这样东西。相传昔时人家生女，则酿酒贮花雕（一种有花纹的酒坛）中，至女儿出嫁时用以饷客，但此风今已不存，嫁女时偶用花雕，也只临时买元红充数，饮者不以为珍品。有些喝酒的人预备家酿，却有极好的，每年做醇酒若干坛，按次第埋园中，二十年后掘取，即每岁皆得饮二十年陈的老酒了。此种陈酒例不发售，故无处可买，我只有一回在旧日业师家里喝过这样好酒，至今还不曾忘记。

我既是酒乡的一个土著，又这样的喜欢谈酒，好像一定是个与“三酉”结不解缘的酒徒了。其实却大不然。我的父亲是很能喝酒的，我不知道他可以喝多少，只记得他每晚用花生米、水果等下酒，且喝且谈天，至少要花费两点钟，恐怕所喝的酒一定很不少了。但我却是不肖，不，或者可以说有志未逮，因为我很喜欢喝酒而不会喝，所以每逢酒宴我总是第一个醉与脸红的。自从辛酉患病后，医生叫我喝酒以代药饵，定量是勃阑地每回二十格阑姆，葡萄酒与老酒等倍之，六年以后酒量一点没有进步,到现在只要喝下一百格阑姆的花雕,便立刻变成关夫子了。(以前大家笑谈称作“赤化”,此刻自然应当谨慎,虽然是说笑话。)有些有不醉之量的,愈饮愈是脸白的朋友,我觉得非常可以欣羡,只可惜他们愈能喝酒便愈不肯喝酒,好像是美人之不肯显示她的颜色,这实在是太不应该了。

黄酒比较的便宜一点,所以觉得时常可以买喝,其实别的酒也未尝不好。白干于我未免过凶一点,我喝了常怕口腔内要起泡,山西的汾酒与北京的莲花白虽然可喝少许,也总觉得不很和善。日本的清酒我颇喜欢,只是仿佛新酒模样,味道不很静定。葡萄酒与橙皮酒都很可口,但我以为最好的还是勃阑地。我觉得西洋人不很能够了解茶的趣味,至于酒则很有功夫,决不下于中国。天天喝洋酒当然是一个大的漏卮,正如吸烟卷一般,但不必一定进国货党,咬定牙根要抽净丝,随便喝一点什么酒其实都是无所不可的,至少是我个人这样地想。

喝酒的趣味在什么地方?这个我恐怕有点说不明白。有人说,酒的乐趣是在醉后的陶然的境界。但我不很了解这个境界是怎样的,因为我自饮酒以来似乎不大陶然过,不知怎的我的醉大抵都只是生理的,而不是精神的陶醉。所以照我说来,酒的趣味只是在饮的时候,我想悦乐大抵在做的这一刹那,倘若说是陶然那也当是杯在口的一刻罢。醉了,困倦了,或者应当休息一会儿,也是很安舒的,却未必能说酒的真趣是在此间。昏迷,梦魇,呓语,或是忘却现世忧患之一法门;其实这也是有限的,倒还不如把宇宙性命都投在一口美酒里的耽溺之力还要强大。我喝着酒,一面也怀着“杞天之虑”,生恐强硬的礼教反动之后将引起颓废的风气,结果是借醇酒妇人以

避礼教的迫害，沙宁(Sanin)时代的出现不是不可能的。但是，或者在中国什么运动都未必彻底成功，青年的反拨力也未必怎么强盛，那么杞天终于只是杞天，仍旧能够让我们喝一口非耽溺的酒也未可知。倘若如此，那时喝酒又一定另外觉得很有意思了罢？

酒话

◎黄裳

酒，有时我也还是喝一点的，但已非复当日的豪情。喝酒，好像也是和年岁有关的。大抵是年轻时能喝，等到年纪逐渐加大，酒量也就逐渐减低。不过，也许有例外。

从什么时候开始喝酒，已经记不起来了。印象中最早一次自斟自饮，是四十多年前在成都的事。那时我从沦陷的上海辗转来到成都，袋里只剩下了大约四角钱的样子，但终于在旅馆里住下来了，因为随身还带着一只箱子，可以做抵。走到街上去吃晚饭，不知怎地选了一家小酒店，坐下来要了一碗(二两)大曲，慢慢地吃了，又要了两只肉包子当饭，用尽了袋里的余钱。老实说，我实在是一点借酒浇愁的意思也没有，欢欢喜喜第一次领略了四川曲酒之美，不由得想起了李商隐的诗“美酒成都堪送老”，觉得飘飘然，却一点都不能领会诗人哀伤的心情。

这以后，只要袋里有点钱就总要上酒馆去坐坐，有时候也拉朋友一起去。重庆的酒店里有近十种不同等级的曲酒，价钱高低不一。堂倌用不同的酒盏筛酒上来，最后算账就按照不同的酒盏数目计算，一些都不会错。记得价钱最贵的一种是红糟曲酒，使用的是一只玻璃杯。这样喝着喝着，面前往往有一叠酒盏摆在那里，于是始有点“酒徒”的意味了。还有不

能忘记的是在扬子江边的茶馆里吃橘精酒，那和大曲比起来简直就算不上是酒，但无事时喝一点也是挺有意思的。

总之，我是在四川学会了喝酒的。在我的记忆里也只有大曲才算得上是酒的正宗。

回到上海以后，又有过一次愉快的吃酒经验。P先生的母亲从四川到上海来了，随身带着一坛绿豆烧，也是四川的名产。那天我在他家吃饭，喝了很不少，只差一点没喝醉。时间也是晚上九十点钟，该到报社去上班了，摇摇晃晃地赶了去，还写了一篇短评。

这些喝酒的回忆都是很愉快的。正是因为“少年不识愁滋味”，我一直不能理解为什么酒是可以解忧的。“文化大革命”中，市面上什么白酒都没有了，只有橱窗里还陈列着“冯了性药酒”，是用白酒浸的，也并未尝过，只不过在闲谈中偶然提起，不料被人捉住，作为攻击无产阶级专政的把柄，狠狠地被斗了一通。直到这时，我还是不懂得酒是可以解忧的。曹雪芹“酒渴如狂”，照我想也是他实在想喝酒了，并不是想逃避什么人间的忧患。这才是真能懂得酒的趣味的。

1987年9月14日

酒话

◎陆文夫

我小时候便会喝酒。所谓小时候，大概是十二三岁。因为我的家乡泰兴县解放前算得上是个酒乡，酒和猪的产量至少是江苏省的首位。农民酿酒的目的是为了养猪，酒糟是上好的饲料；养猪的目的又是为了聚肥，所谓养猪不赚钱，回头看看田。粮——猪——肥——粮，形成了一种良性循环，循环之中又分离出令人陶醉的酒。

在泰兴，凡是种旱谷的地方，每个村庄上都有一个或几个糟坊，即酒坊。这种酒坊不是常年生产，而是每年的冬天最红火。冬天，糟坊是孩子们的乐园，那里暖和，大缸里的水滚热的，可以洗澡，孩子们洗完澡之后，便用小手到淌酒口掬饮几许，可以御寒。孩子醉在酒缸边上的事情每年都有。

孩子们还偷酒喝，大人嗜饮那就更不待说。凡有婚丧喜庆便开怀畅饮，文雅一点用酒杯，粗放一点用饭碗，酒缸放在桌上边，缸内有个长柄的竹制酒端。

十二三岁的时候，我的一位表姐结婚，三朝回门，娘家办酒待新亲。这是一个闹酒的机会，娘家的人和婆家的人都要出席几个酒鬼，千方百计地要把对方灌醉。我有幸躬逢盛会，在人们的怂恿下居然和酒鬼较量了一番。卜席以后虽然睡了三个小时，但这并不为丑，我们那里的人只反对武醉，不反对

文醉。所谓武醉便是醉后骂人，打架，打老婆，摔东西；所谓文醉便是睡觉，不管你是睡在草堆上，河坎边，抑或是睡在灰堆上弄成个大黑脸。我能和酒鬼较量，而且是文醉，因此便成了美谈：某某人家的儿子是会喝酒的。

我的父亲不禁止我喝酒，但也不赞成我喝酒，他说，一个人要想在社会上做点事情，须有四戒：戒烟(抽大烟)、戒赌、戒嫖、戒酒，四者湎其一，定无出息。我小时候还想有点出息，所以再也不喝酒了。参加工作以后逢场作戏，偶尔也喝它几斤黄酒，但平时是不喝酒的。

不期到了二十九岁，碰上了“反右派”，批判、检查，国庆节也向壁而坐，不能回家。大街上充满了节日气氛，房间里却死一般的沉寂，一时间百感交集，算啦，不如买点酒来喝喝吧，从此便一发不可收拾了……

从1957年喝到1987年，从二十九岁喝到五十九岁，整整喝了三十年，喝到现在医生劝说，家人反对，连牙牙学语的小外孙女也说：“爷爷，你少喝点！”对了，孩子嘴里出真言，不喝的时辰未到，豪饮的年龄已过，少喝最为适宜。积三十年喝酒之经验，我觉得醉酒是一种痛苦，微醺顿觉飘然，少饮慢呷是一种享受，一种休息，一种兴致与豪情的添加剂。李白斗酒诗百篇最多是微醺，因为他喝的是老白酒，度数很低，斗酒之后豪情大发，所以还能写诗。如果喝下一瓶二锅头，那便“我醉欲眠君且去”，什么事情也干不成了。所以我觉得饮酒最好是在家里，独酌或与二三知己对饮，这时无宴会之应对，无干杯之相催，也没有服务员在旁边等着扫地。一杯在手，陶然忘机，慢慢地呷，一口口地咪，饮酒不为求醉，而在个中滋味，此乃真饮酒也。

真饮酒也不容易，君子在酒不在菜，首先得有好酒，只有好酒才经得起呷，经得起咪，经得起慢慢地品味。如果是“大头昏”之类的酒，喝一口受一次罪，慢慢地喝就是慢慢地受罪，倒不如引颈成一快，醉而后矣，醉了以后头疼两天，那和受刑是差不多的。

好酒当然也有一定标准，但也因人因地而异，甚至和个人的习性与经历都有关系。在美国被害的作家江南，他是我们江苏的靖江县人，他生前就爱喝靖江出产的“玉液金波”酒，三杯下肚，飘飘然漫游神州故国，勾起童年的回忆，好酒哉！瑞典的汉学家马悦然先生是地道的瑞典人，但他最爱喝中国的“五粮液”，因为他年轻时曾在中国念过书，他的夫人又是四川人，自然会爱上浓香型的曲酒。我只能算个酒徒，还谈不上爱喝什么酒，“无酒学佛，有酒学仙”而已，但在酒类之中却也有患难知己。

那是“十年动乱”之中，我在苏北的黄海之滨安家落户，冬日里海风劲吹，四野人稀，茅屋透风，冻得发抖，自然是喝酒的好时机，可却买不到酒，连“大头昏”也不是常有。为了买两小瓶白酒，跑了三里路，过了一条河，在供销社的门口挤掉了棉袄上的两粒纽扣。偶尔有朋自远方来，馈我两瓶有金纸贴瓶的双沟酒，我慢慢地呷，细细地品，呜呼，此时方知世间还有好酒！其实，世间的好酒何止双沟，在此之前我也曾花四块九毛钱喝过一瓶茅台酒，那时钱多酒也多，倒也感触不深，印象模糊，雪中送炭总比锦上添花的印象深刻得多。自此之后，酒友相逢，抚杯论酒，我总要说双沟酒如何如何，如何入口香浓而又不冲，无水气，无糖味，无苦尾，不上头，像一篇故事性不强而又十分耐读的小说。我的意见为许多人首肯，老酒友到我

家来时，便指明要那瓷瓶装的“双沟”，想挖光我那平时舍不得饮的存货。一九八四年我到瑞典访问时，汉学家马悦然先生请严文井、张贤亮和我到他家做客，他夫人做川菜，他请我喝五粮液，并纵论中国之名酒，他只论及茅台和五粮液，而不知有“双沟”。于是我便与他相约，如果他有机会到苏州来，我一定请他喝“双沟”。果然天从人愿，一九八六年他和十多个国家的汉学家来苏州访问，省作协在萃华园宴请宾客，我借花献佛，请马先生喝“双沟”。一杯以后我问他意见如何，他说一杯不能作论，连饮三杯才作评论，曰：“这是女人喝的茅台。”我听了大为惊异，此论公平合理，一语中的。女人喝的茅台虽无燕赵豪侠之气，却也显得纯真、温和、清秀，与双沟之酒性恰好相符。马先生不愧是位汉学家，而且是位汉酒家。本来，中国的文化、特别是文学和酒有着不可分离的关系，诗酒文章往往是相提并论的，中国古代的诗人和文豪很少有不饮酒，不写酒的。唐宋的诗人不用说了，如果把《红楼梦》来个节酒本，把凡属有酒处都删去，那《红楼梦》还有什么可读的？我无意宣扬喝酒有什么好处，从医学、保健的角度来说喝酒是害多益少，不抽烟，不喝酒，可以活到九十九，这事儿谁都知道，可是世界上竟然有那么多的人不想活到九十九，常常要想喝点儿酒，没有办法，只能如古人所说，不饮过量之酒，不贪不义之财，如果有可能的话，不妨来点真饮酒，饮出一点情趣来，饮出一点个性来，拒饮那些劣质酒冒牌酒和香精酒精加色素的酒，使得那些充斥市场的劣酒统统没有销路。不过，此话也是一种酒话，谈何容易，只能与那些不高明的酿酒者慢慢地商议。

酒吒

◎从维熙

文人当不了武松，甭说打虎，捉只家猫怕也不能胜任，但是死了阳刚生气，怕是在落墨时就少了几分孟浪的文采。

写下这个十分古老的话题，因为笔者至今嗜酒如初。汪曾祺老先生曾写下“宁舍命、不舍酒”的孟浪之酒言，在当代作家中的知音，怕是越来越少，而我是汪老的酒言知音之一。

记得，在一九九一年初春，王蒙、叶楠、谌容、心武、张洁、抗抗、莫言、晓声、匡满……约近二十位文友，曾来我家豪饮，以贺新春。时隔不过五年光景，许多文友已然弃杯不饮，在偶然的聚会上，他们出于礼仪以酒沾唇——或干脆以水代酒；“清教徒”越来越多，酒嬉之欢乐越来越少，有时是挺扫人兴味的。究其缘由，文友中的多数已近不惑之年或迈入老年门槛，弃杯之举不是出自感知，而是出自于理性的约束。

其中唯有叶楠、莫言，似没有舍弃嗜酒初衷仍能在餐桌上与我交杯，酒过三巡仍无放杯之意。去年，莫言托他山东友人，给我送来过一瓶“景阳冈”牌老酒，以示友情如醇酒般浓烈。此酒，在瓷瓶上烧就武松打虎的图案，三杯入口，虽无酱香型白酒的浓香，却也清爽可口，饮后血撞胸膛，堂堂男儿阳刚之气，酒罢浑然而生。

李白在《将进酒》博大而浪漫的诗篇中，曾有“人生得意须

尽欢,莫使金樽空对月"的生命自白。如果一个严于理性的评论家,以严谨的理性为尺,去挑剔一下这位诗仙加酒仙的诗文,可以挑剔出其放荡无羁和嬉戏人生的意味。但再以文学自身的特征观照一下李白,如果死了那种天马行空的浪漫,也就死了李白。唐诗中少了李白,若同星斗中陨落了一轮圆月,岂不令后人为之悲怆?!

探考酒源,古人其说至少可以归纳为四:一曰:远古尧时即造酒千樽,此说无传可考。二曰:舜的女儿仪狄为造酒酒神,史书记载舜忙于治水,终日不归,其女仪狄每日候父归来皆空,她便将为舜做的饭倒于老树树洞之内。一日,仪狄忽闻其树洞发出异香,取瓢舀之喝下,竟觉浑身生热;待舜归来,献给父王饮下,舜飘飘然称之为酒。其三:传说杜康为周之粮秣官员,以粮秣酿酒。此说之惟一佐证,是魏武帝在饮酒时,曾边饮边吟:"何以解忧,惟有杜康。"其四:酒非尧、仪狄和杜康之开先河物,"天有酒星,酒之作也",酒与天地并存。此说,属于荒诞神说,不足为考。

笔者儿时住家离一家酒作坊不远,每年春节,一双稚眼看见烧锅老板,必在门扇之上张贴酒神。年画中的酒神朱唇大耳,面施粉黛,祖父告我:此酿酒祖仪狄。因而仪狄造酒之说,自我知酒而不识酒之时,就铭刻于心。识酒之后,方知酒考源流不一,但不管酒祖是仪狄还是杜康,抑或是张三、李四,酒在我从事文学工作之初,就与我结下了缘分。

五十年代,我刚刚步入文坛之时,常与文友刘绍棠酣饮。两人共饮一瓶白酒,饮后皆觉筋骨爽透,文思泉涌。从此识酒爱酒,莫能杯空。即使一九五七年后,我被迫走上了一条漫长的劳改路,但在长达二十年——七千多天的严酷时日中,我偶然有机会步出“大墙”，总是不忘偷偷买上几瓶酒揣于怀中，藏于劳改队大炕炕洞或堆放杂物的旮旯，以酒解愁，以酒壮志。当时，我还猜想司马迁一定善饮，身受宫刑之后，如果没有烈酒铸其魂魄，他何以会坚韧地在大牢里苦耕《史记》？我还想到诗祖屈原，他著《九歌》、《天问》以及在酒后捻须吟唱其雄浑诗章时，其形其影其神其态，当何其美哉壮哉？！当他最后自投汨罗江的瞬间，怕是也会将酒洒于天宇之间，然后饮之半醉，才有最后自戕的向江心一跳吧？！

当然，这都属学术上无可考究的自我梦呓。但是酒在我劳改生涯中给了我生命张力，却是一个事实。当我在严冬的海河之滨，参加疏理流入海河的渠道劳动时，劳改犯通常总是挑灯夜战到天亮（白班由干部工人参加劳动），三九时节，白天气温已然降至零下十几度，入夜之后寒风吼叫，冷得人伸不出五指；再要赶上出工之时，在破旧棉囚衣里塞上扁装的二两白酒一瓶，便在满天飞舞着“白蝴蝶”的雪夜，无所畏惧地挥动锹镐。间或，仰脖“咕咚”喝两口，刺骨之三九奇寒，便被我抛到九霄云外去了！

因而，我常常想许多文友相继弃酒之时，我却依然恋酒如初，这可能得益于二十年劳改生活给了我一个健康的体魄，和我在那条风雪驿站上与酒结下了情缘之故吧！

一九八四年春，我随中国作家代表团出访日本。日本友人告诉我，日本作家善饮者之一为水上勉。十分凑巧，我们的行程上有在水上勉家中逗留的安排。那天，我有意与主人寻衅挑战于他的故园，我们初则一口一口地喝，后来干脆一杯一杯地灌。因酒事时间过长，光年、郑刚、祖芬等几位作家，已然离开水上勉先生餐桌，去参观他院子里那部古老的水车了；我

和他还在餐桌旁豪饮，直到水上勉先生拱手告饶为止。为此，在东瀛岛国报纸上，我赢得一个并不太风雅的称号——“东方酒魔”。东晋时人葛洪（当时的炼丹人今日应称之为化学家），曾写过妙文《酒威》一篇醒世。文中写道：“口之所嗜，不可随也。心之所欲，不可恣也。”文中告诫嗜酒者，不能放纵酒欲。葛洪文中并引纣王造酒池肉林，而后亡商之例，以警后人。我记忆中似无纵酒过度之举，倒是有过两次酒醉，一次为一九八二年第一次飞往澳大利亚，参加一个国际笔会，在归途上踏入国门的广州之夜，因思归心切和旅途疲累醉倒穗城。第二次醉酒而留下酒事败迹，纯粹由精神因素所导致：一九九〇年冬，我随电视台记者重访我昔日的一个劳改驿站。由于见景生情之故，千般酸楚和万般艰辛，一股脑儿涌浪般流入我的心扉，因而在劳改农场为我及摄制人员准备的晚宴上，我喝醉了。我这两次醉酒，大概还不在老祖宗葛洪儆戒的范畴之内。

《酒威》一篇之所以成为论酒之名篇，除去行文潇洒之外，文中还充满了古朴自然辩证法的内涵。葛洪在详述滥情于酒的种种流弊之后，不忘提及酒对人的精神裨益：“汉高祖婆娑巨醉，故能斩蛇鞠旅；于公饮酒一斛，而断狱益明；管辂倾饮三斗，而清辨绮粲；扬云酒不离口，而太玄乃就；子圉醉无所识，而霸功以举……”葛洪在这里所举的事例，皆为东晋之前的古人酒事典故。文中对前人酒祸酒功，尽列其中。可能出于我偏爱酒功之故，我对一些文友们掷杯弃酒，心中常常感到惶惑茫然。王蒙告诉我，他的饮量半斤，近一两年他感到饮酒对他身体不适，故而一滴不染；苏州的陆文夫兄，在一场大病之后，亦与嗜酒拉开了距离。一九九五年初春，与几个文友同登黄山看松观云，伴我们而行的安徽作家鲁彦周兄，也因身体状况不再恋栈酒事了。人的身体状况不同,生存意念不同,酒事中最忌对戒酒者劝酒,这是酒德之最,也就只好把那次1991年初春的畅饮,当做一种美好的记忆,存储于相册及心扉之中了……

但因酒的魅力无穷,文苑中酒星依在。日前笔者在一次会议后的晚宴中,与七十九岁高龄的师友吴祖光相遇于一张餐桌——同桌还有青年作家刘震云、邱华栋以及宴会主人民营企业家朱服兵先生——想不到已至耄耋之年的祖光,仍然酒量无涯,在与刘震云、邱华栋等晚辈频频举杯之中,三瓶五粮液已然空了瓶底。我见祖光似仍未尽兴,但毕竟他年事已高,不得不为之扣杯劝止。

在返回家里的途中,京城寒风施威,电线被吹得发出哨鸣之声,我逆风行于街市,酒之热力,使我感受到了享受六七级风洗礼之愉快。此间,我心中忽然升腾起文人与酒的话题,"李白斗酒诗百篇"之传说,虽然带有几分孟浪,但在孟浪之中也蕴藏着几分文学的真实。酒助李白的灵肉燃烧,诗仙的才情便光焰四射,犹如地火喷涌于世。

酒是有情物。从文学的角度去管窥它,它是形象思维最高境界——意象的催生剂,也是作家受孕怀胎的媒合体。想那汉高祖刘邦斩蛇起义之前,不过一介草民夫耳;但是酒这个媒合体,居然能使喝酒初醉的刘邦,写出"大风起兮云飞扬"这等气贯长虹的磅礴大气之佳句,怕是酒魂顾圣之故尔!

为此,我想前有宁舍命不舍酒的汪曾祺,后有来者从维熙,怕是板上钉钉的事儿了。

借题话旧

◎方成

上中学时,我是老老实实的好学生,不吸烟,不喝酒,除了一次夜里在宿舍偷偷赌牌九,被训育主任抓获之外,再没记过大过;进了大学,因为画漫画,同艺相怜,交了个刻木刻的朋友,他叫季耿。他留着长头发,一派艺术家风度,既吸烟,也喝酒。两人把酒谈心,渐渐知道他刻镰刀锤子(他叫"镰刀斧头"),刻受苦人,是他在重庆时,王大化教他的;也渐渐使我学会喝酒,酒量也渐长起来。他还是同学中最出名的话剧导演,拉着我参加"抗研会"(全名"抗战问题研究会",共产党领导的学生组织)的演出活动。有一次,七个同学在一起吃东西,有他在,总忘不了酒。杯酒下肚,谈得高兴,他提议也和别人那样,办一份壁报。这壁报每周一期,每期必有他一幅木刻或是画,有我一幅漫画,一直办到我们毕业才停止。我画漫画的基本功,和喝酒的本事,就是在这两年多时间里练出来的。那时大学生多从沦陷区来,无经济来源,靠学校贷金度日。过春节时,恰遇大家都十分手紧,于是几个人凑钱打了半瓶酒,买一包炒花生米,聚在宿舍里呼五喝六划着拳喝起来。因为酒少,便一反常规,是赢家才喝一口,准吃花生米半颗。那时也怪,越觉寒酸越感有趣,大家又说又笑,兴高采烈地闹了个通宵,其乐也,不下于山珍海味满汉全席,至今使人怀念。我们七个人，季耿在一九五七年被错划，从北京调去赤峰山区矿里，待再调去邯郸时，他已身患癌症，不久就去世了。另一个也在一九五七年出事，在“文革”中又被打成反革命，戴着手铐脚镣坐了几年牢，平反出狱后，到大学教书去了。还有一位在“文革”中被革掉了性命。又一位上美国留学，贫病而死。其他两位至今不知去向。我们是同学兼壁报和演戏的共事者，还是酒友，但现在想起令我黯然神伤。

一九五〇年我在报社工作，晚间读夜校学俄文，在班里结识了画友钟灵。他经常在下课后，随我到报社，帮我画刊头，写美术字，这是他的拿手功夫。画完常去喝酒。他是货真价实的“酒徒”，但好酒却不使气。在抗美援朝期间，我俩合作漫画，多在他家。一开始，准备纸笔之外，又备酒和肴。作画完成，立即移席摆酒谈心议事，待到微醺，舌头发硬，眼皮发沉，才收拾了去睡，这已成惯例了。现在我们都已年近古稀，他酒瘾如故而酒量却一年不如一年。那年我不幸丧妻后，春节时，他和丁聪、戴浩、白景晟、韩羽、狄源沧各携菜酒，陪我共度佳节。钟灵才喝不足半斤，便烂醉如泥。我们把他抬到床上仰卧，让他怀抱一张小板凳，放上几个酒瓶，然后列队在一旁垂首站立，请老狄拍了一张未亡人“遗体告别图”。记得侯宝林曾来，因事早离，未参加此盛典。一九八六年，我们两人为《邓拓诗文集》画封面。他起了个草稿赶来，两人商议改画加工。饭后天已全黑，画是明天必须交稿的，时间紧迫，他却说：“喝两杯再动手。”我说：“喝得晕头转向，可画不好。”他说：“一分酒一分精神，没事！”我只好让他喝两杯，接着还要，再添一杯。只见他说着说着，就溜到地上，躺下了，鼾声阵阵。我无可奈何，叹了口气，把他扶到床上。这画，只好自己动手了。待到

清晨两三点钟,他醒来见灯光通明,忙爬起来抢过笔去。这时他已清醒,两人画了一个多小时,终于按期交稿。

话说回来,被酒迷得如此之深者,究竟极为少见。酒能醉人,几杯下肚,酒力使人层层卸甲,裸现真心,倘非有诈,这样把人间隔阂化开,距离拉近,却是常情。我在天津遇韩羽,上海见张乐平,都是由杜康介绍相知的。五十年代初,华君武是《人民日报》美术组组长,我是他属下组员,两人喜欢夜间跑到报社左近东华门大街旁的小吃摊上喝酒,无话不谈。后来组里人员增多,机构扩大,事情一忙,再也没去了。后来他调到美协,更少见面,但小吃摊上的旧情仍在,有时去他家,往事重提似的,端上酒来,接着谈下去。

有一回,姜昆相邀,到他家吃饭。进门一看范曾和王景愚已在座。原来有人送他一瓶法国白兰地,听说价值不菲,姜昆便招我们来共享,举行开瓶大典。事情平常,但觉有趣,每人只喝两三杯。酒味如何,早已忘记,但一想起来,还油然为之神往。

在酒席上,中国有许多助兴的游戏。古时行酒令,是文人的习俗,没点旧学是行不来的。我们常见的是划拳、击鼓催花和碰球之类的谁都会的玩法,联句就难一些。最流行的是划拳。现在的饭馆,尤其是高级些的饭店都有明示:禁止划拳。因为划拳喧闹扰人,许多人又常闹得放浪形骸,令人生厌。倘在家里,或其他不扰人的场合,划拳是很有趣的,能使人乐而忘形,倍增酒兴。我是不赞成硬灌人酒的,通由自便。

那些年老伴陈今言去世后,我曾终夜失眠。因不愿常吃安眠药,便以酒浇心,趁微醺入睡。久而久之,养成睡前饮酒的习惯,一至于今。现在喝的是度数很低的黄酒,饮量也有限，取其利而避其弊，是合乎养生之道的。

那年，山西人民出版社惠寄几本《杏花村酒歌》来，集的是古今杏花诗章，其中有我的一句，当然不是诗，仅四个字："大闻酒名"。那是我到杏花村酒厂参观时，厂党委书记迎了出来，经介绍后，他笑对我说："久闻大名"，我也笑对他说："大闻酒名"，引众人一笑，这四个字就是这么说出来的。书记一高兴，赏我一大杯汾酒陈酿。

饮酒

◎梁实秋

酒实在是妙。几杯落肚之后就会觉得飘飘然、醺醺然。平素道貌岸然的人,也会绽出笑脸;一向沉默寡言的人,也会议论风生。再灌下几杯之后,所有的苦闷烦恼全都忘了,酒酣耳热,只觉得意气飞扬,不可一世,若不及时知止,可就难免玉山颓欹,剔吐纵横,甚至撒疯骂座,以及种种的酒失酒过全部地呈现出来。莎士比亚的《暴风雨》里的卡力班,那个象征原始人的怪物,初尝酒味,觉得妙不可言,以为把酒给他喝的那个人是自天而降,以为酒是甘露琼浆,不是人间所有物。美洲印第安人初与白人接触,就是被酒所倾倒,往往不惜举土地界人以交换一些酒浆。印第安人的衰灭,至少一部分是由于他们的荒腆于酒。

我们中国人饮酒,历史久远。发明酒者,一说是仪逖,又说是杜康。仪逖夏朝人,杜康周朝人,相距很远,总之是无可稽考。也许制酿的原料不同、方法不同,所以仪逖的酒未必就是杜康的酒。尚书有《酒诰》之篇,谆谆以酒为戒,一再地说"祀兹酒"(停止这样的喝酒),"无彝酒"(勿常饮酒),想见古人饮酒早已相习成风,而且到了"大乱丧德"的地步。三代以上的事多不可考,不过从汉起就有酒榷之说,以后各代因之,都是课税以裕国帑,并没有寓禁于征的意思。酒很难禁绝,美国一九二〇年起实施酒禁，雷厉风行，依然到处都有酒喝。当时笔者道出纽约，有一天友人邀我食于某中国餐馆，入门直趋后室，索五加皮，开怀畅饮。忽警察闯入，友人止予勿惊。这位警察徐徐就座，解手枪，锵然置于桌上，索五加皮独酌，不久即伏案酣睡。一九三三年酒禁废，直如一场儿戏。民之所好，非政令所能强制。在我们中国，汉萧何造律："三人以上无故群饮，罚金四两"。此律不曾彻底实行。事实上，酒楼妓馆处处笙歌，无时不飞觞醉月。文人雅士水边修禊，山上登高，一向离不开酒。名士风流，以为持螯把酒，便足了一生，甚至于酣饮无度，扬言"死便埋我"，好像大量饮酒不是什么不很体面的事，真所谓"酗于酒德"。

对于酒，我有过多年的体验，第一次醉是在六岁的时候，侍先君饭于致美斋(北平煤市街路西)楼上雅座，窗外有一棵不知名的大叶树，随时簌簌作响。连喝几盅之后，微有醉意，先君禁我再喝，我一声不响站立在椅子上舀了一匙高汤，泼在他的一件两截衫上。随后我就倒在旁边的小木炕上呼呼大睡，回家之后才醒。我的父母都喜欢酒，所以我一直都有喝酒的机会。"酒有别肠，不必长大"，语见《十国春秋》，意思是说酒量的大小与身体的大小不必成正比例，壮健者未必能饮，瘦小者也许能鲸吸。我小时候就是瘦弱如一根绿豆芽。酒量是可以慢慢磨炼出来的，不过有其极限。我的酒量不大，我也没有亲见过一般人所艳称的那种所谓海量。古代传说"文王饮酒千钟，孔子百觚"，王充《论衡·语增篇》就大加驳斥，他说："文王之身如防风之君，孔子之体如长狄之人，乃能堪之。"且"文王孔子率礼之人也"，何至于醉酗乱身？就我孤陋的见闻所及，无论是"青州从事"或"平原督邮"，大抵白酒一斤或黄酒

三五斤即足以令任何人头昏目眩粘牙倒齿。惟酒无量,以不及于乱为度,看各人自制力如何耳。不为酒困,便是高手。

酒不能解忧,只是令人在由兴奋到麻醉的过程中暂时忘怀一切。即刘伶所谓“无息无虑,其乐陶陶”。可是酒醒之后,所谓“忧心如醒”,那分病酒的滋味很不好受,所付代价也不算小。我在青岛居住的时候,那地方背山面海,风景如绘,在很多人心目中是最理想的卜居之所,唯一缺憾是很少文化背景,没有古迹耐人寻味,也没有适当的娱乐。看山观海,久了也会腻烦,于是呼朋聚饮,三日一小饮,五日一大宴,豁拳行令,三十斤花雕一坛,一夕而罄。七名酒徒加上一位女史,正好八仙之数,乃自命为酒中八仙。有时且结伙远征,近则济南,远则南京、北京,不自谦抑,狂言“酒压胶济一带,拳打南北二京”,高自期许,俨然豪气干云的样子。当时作践了身体,这笔账日后要算。一日,胡适之先生过青岛小憩,在宴席上看到八仙过海的盛况大吃一惊,急忙取出他太太给他的一个金戒指,上面镌有“戒”字,戴在手上,表示免战。过后不久,胡先生就写信给我说:“看你们喝酒的样子,就知道青岛不宜久居,还是到北京来吧!”我就到北京去了。现在回想当年酗酒,哪里算得是勇,直是狂。

酒能削弱人的自制力,所以有人酒后狂笑不置,也有人痛哭不已,更有人口吐洋语滔滔不绝,也许会把平夙不敢告人之事吐露一二,甚至把别人的阴私也当众抖露出来。最令人难堪的是强人饮酒,或单挑,或围剿,或投下井之石,千方百计要把别人灌醉,有人诉诸武力,捏着人家的鼻子灌酒!这也许是人类长久压抑下的一部分兽性之发泄,企图获取胜利的满足,比拿起石棒给人迎头一击要文明一些而已。那咄咄逼人的声嘶力竭的豁拳，在赢拳的时候，那一声拖长了的绝叫，也是表示内心的一种满足。在别处得不到满足，就让他们在聚饮的时候如愿以偿吧！只是这种闹饮，以在有隔音设备的房间里举行为宜，免得侵扰他人。

菜根谭所谓“花看半开，酒饮微醺”的趣味，才是最令人低回的境界。

独饮小记

◎洛夫

再注满那只空杯吧！
把那满盈的饮干，
我无法忍受的一件事是：
既不满也不空。

这是最近偶然在一本书中读到的一首法国民歌，它配以什么样的曲调，我无法想象，应该不会是悠扬轻快的那一种，语像是友朋之间的劝饮，但又隐隐透露出一股“欲饮琵琶马上催”的豪情。如果由一位低沉的男音唱出，或许会引起你一阵无言的哀伤吧！

昨晚一时兴起，独自小饮两杯，浅斟慢酌，自得其乐，将一日的疲惫，千岁的忧虑，在一俯一仰之间化为逝去的夏日烟云。如说饮酒是一种艺术，独饮则近乎一种哲学。一杯在手，适量的酒精有助于思想的飞翔，如跨白鹤，如乘清风，千秋与万载，碧落与黄泉，都在一小杯一小杯之间历尽；既无人催饮，也没有人猛拉你的衣袖听取他那高蹈而无味的独语，更不虞有人会把烟灰掸在你的菜盘中，头发上。独饮通常微醺而罢，如一时克制不及，弄得个酩酊大醉，那就更有了不必洗澡换衣的借口，倒头便睡，享受着“众人皆醒我独醉”的另一番乐趣。

对，就是这个主意，说着说着我已干了第三杯，而且自己居然笑了起来。当注满第四杯时，不知为什么突然又想起了这首民歌的词儿，竟然放下杯子，认真地思索起来。

谁说不是？酒杯不是满的便是空的，亦如门不是开着便是关着，花不是绽放便是凋落，这其间似乎没有妥协的余地。门不开也不关，花不放也不谢，这算一种什么逻辑？中国有所谓“半”的人生哲学，既深奥而又逗人，那是诗的境界，非高人难以企及。譬如李密庵有一首《半半歌》，小时候不知所云，但念得琅琅有声，至今我还记得若干句：“看破浮生过半，半之受用无边，半中岁月尽幽闲，半里乾坤开展。……衣裳半素半鲜，肴馔半丰半俭，童仆半能半拙，妻儿半朴半贤；心情半佛半神仙，姓字半藏半显……”不过，话说回来，饮酒固然半酣正好，吃饭可不能半饥半饱，花可以半开偏妍，人不可能半死半活，姓字或许可以半藏半显，为人处世却不能半真半假。最重要的是，时间绝不会半流半驻；人生最无可奈何的一件东西，恐怕就是时间了，许多人追求永恒而不可得，殊不知永恒一直握在我们手掌中，当我们刚一悟到它的存在时，它已从我们的指缝间溜走了。

这么一想，自以为还真有些道理，便举杯饮了一口。

许多人曾为“永恒”作诠释，引古人之经，据洋人之典，且往往有诗为证，杜老如何如何说，莎翁如何如何讲，最后的结论无非是：永恒是时间中的空间，空间中的时间，形而上在形而下之上，形而下在形而上之下，左手心是心灵，右手心是物质，两手紧紧一握，生命于焉不朽之类。说的人口沫横飞，听的人点头称是，但细加揣摩，又像是行过一场浓雾，似真似幻，一片迷茫。前两天，浴室的自来水龙头发生故障，水电工三次电召不至，白昼市声鼎沸，尚不觉得如何，一到深夜便滴滴答

荅,不绝于耳,听得我由烦躁不安而到心惊肉跳,但也因此使我悟出一个新的想法:一切对“永恒”的定义,注释,辩解,都不如那水龙头的漏滴所说明的来得更为周延,更为确切,因为滴荅之间,便是永恒。

我不禁为这自圆其说的推理而莞尔起来,侧脸看一眼墙上的影子,向他举一举杯,把剩下的半杯一仰而尽,然后低吟着“莫使金樽空对月”啊!可是向窗外一望,外面正在下着雨。

这时,妻正陪着孩子在灯下做功课,室内一片沉寂,远处传来卖烧肉粽的叫唤,拖着苍凉的尾音,立刻又被一阵掠过屋顶的喷射机的轰轰声所掩盖。望望盘中凉了的剩菜,伸出去的筷子又缩了回来。书房门槛旁搁着一把雨伞,明知是一把伞,却总以为那里蹲着一只黑猫,前两天买了一包“猎鼠”,一包“猎鼠”至今仍是一包“猎鼠”,这年头耗子也学得很狡猾了。窗外还在下雨,早晨妻把几盆素心兰搬到铁栏杆架上,说是沾点雨露可以长得更清秀些。我认为这是迷信,就如她说上床之前一定要刷牙一样。有人说开花的兰草不算上品,我将信将疑,总觉得这种话有点晦涩。前些日子朋友送我一株阔叶兰(不知有没有这个名词),一共四片青叶,鲜油油的挺神气,栽在一只深灰的瓦钵中,日夜浇水,殷勤灌溉,其中一片叶子居然抽了金线,足证这是一株异种,日久愈来愈黄,内心窃喜不已。据说如此品种每株可值数万元,可是,利欲方萌,第二天早晨发现它竟枯死了,想起这件事就生气。

无趣之事不想也罢,还是喝酒吧。我无法忍受的一件事,也是既不满又不空,干脆倒满些。酒杯边沿浮起一圈小小的泡沫,闪烁了一阵子便什么也没了。这也算是一个小宇宙的幻灭吧!多年前有段时期,境遇诸多舛蹇,心情极坏,经常有一种孤悬高空的惊惶。听人说读书可以治这种病,但也许药下得太猛,越读越觉得虚弱无力,就像患了那种说出来便会使你矮了半截的男性病。当时我坚认这个世界上所有的人都是一堆闪烁发光的泡沫,所不同的只是大泡沫与小泡沫之别而已。我写信把这个想法告诉南部一个朋友,不料他在回信中引经据典地骂了我一顿,指责我太颓废,最后借海明威的一句话刺激我:“人可以被消灭,但不可以被击败!”

其实,问题并没有他想象的那么严重,在没有适当的条件之下,通常人是绝对不会妥协的,但被击伤是难免的;有时甚至于会在一棵树下被一片叶子、一朵花所击伤。人最容易受伤恐怕是照镜子了,“春不能朱镜里颜”,生命留都留不住,还能使苍白的变得红润吗?据说只要你连续照一个月镜子,包你会瘦成一架骷髅。无论如何,泡沫终归是泡沫,如能闪烁发光,哪怕是极其短暂的一闪而没,泡沫也就有了永恒的意义。记得二残先生在一篇文章中引用亨利·詹姆斯的一句话说:“人生充其量只不过是一种绚丽的浪费”(life at its best is but a splendid waste),并认为这是一个可怕的句子,读来触目惊心。我倒觉得这没有什么,的确没有什么,因为这是无法改变的事实。蒋坦在《秋镫琐忆》一文中说的话才真令人无可奈何,甚至手足无措:“人生百年,梦寐居半,愁病居半,襁褓垂老之日又居半,所仅存者十一二耳。况我辈蒲柳之质,犹未必百年者乎。”

这些话真叫人泄气,读到这里,大多数人恐怕都难免冷汗直流。但就算如此吧,生命只有浪费得很绚丽,很潇洒,很壮怀激烈,而且每滴汗每滴血都洒得心安理得,这岂不比那些生命的守财奴坐着等死显得更为豪气!

问题虽很冷酷,但仍很高兴我的“泡沫论”与亨利·詹姆斯的想法不谋而合,值得浮一大白,于是我自劝自饮地又干了一杯。

天气凉了,桌上的萝卜煨排骨汤尚温,喝了半碗,顿感通体舒泰,酒意恰到微醺程度,如再多饮几杯,萦回胸中的那些严肃问题,也许就会在过量酒精的燃烧中化为一股轻烟,这倒不失为一个逃避的好办法。这时,我抬起头来环顾室内,发现所有的家具摆设都已掩上一层迷蒙,墙上那幅庄喆的抽象山水更是满框子的烟雾氤氲,放下满过而又空了的酒杯,我望着那株已绕室一匝,迄今犹无倦意,且仍然在作无限延伸的锦藤出神。多么虎虎有劲的生命啊!但爬行得似乎太快了些,亦如人过中年后那汹涌而来的岁月。

湖畔夜饮

◎丰子恺

前天晚上，四位来西湖游春的朋友，在我的湖畔小屋里饮酒。酒阑人散，皓月当空。湖水如镜，花影满堤。我送客出门，舍不得这湖上的春月，也向湖畔散步去了。柳荫下一条石凳，空着等我去坐，我就坐了，想起小时在学校里唱的春月歌："春夜有明月，都作欢喜相。每当灯火中，团团清辉上。人月交相庆，花月并生光。有酒不得饮，举杯献高堂。"觉得这歌词温柔敦厚，可爱得很！又念现在的小学生，唱的歌粗浅俚鄙，没有福分唱这样的好歌，可惜得很！回味那歌的最后两句，觉得我高堂俱亡，虽有美酒，无处可献，又感伤得很！三个"得很"逼得我立起身来，缓步回家。不然，恐怕把老泪掉在湖堤上，要被月魄花灵所笑了。

回进家门，家中人说，我送客出门之后，有一上海客人来访，其人名叫 CT，住在葛岭饭店。家中人告诉他，我在湖畔看月，他就向湖畔去找我了。这是半小时以前的事，此刻时钟已指十时半。我想，CT 找我不到，一定已经回旅馆去歇息了。当夜我就不去找他，管自睡觉了。第二天早晨，我到葛岭饭店去找他，他已经出门，茶役正在打扫他的房间。我留了一张名片，请他正午或晚上来我家共饮。正午，他没有来。晚上，他又没有来。料想他这上海人难得到杭州来，一见西湖，就整日

寻花问柳，不回旅馆，没有看见我留在旅馆里的名片。我就独酌，照例倾尽一斤。

黄昏八点钟，我正在酩酊之余，CT 来了。阔别十年，身经浩劫，他反而胖了，反而年轻了。他说我也还是老样子，不过头发白些。“十年离乱后，长大一相逢，问姓惊初见，称名忆旧容。”这诗句虽好，我们可以不唱。略略几句寒暄之后，我问他吃夜饭没有。他说，他是在湖滨吃了夜饭——也饮一斤酒——不回旅馆，一直来看我的。我留在他旅馆里的名片，他根本没有看到。我肚里的一斤酒，在这位青年时代共我在上海豪饮的老朋友面前，立刻消解得干干净净，清清醒醒。我说：“我们再吃酒！”他说：“好，不要什么菜蔬。”窗外有些微雨，月色朦胧。西湖不像昨夜的开颜发艳，却有另一种轻颦浅笑、温润静穆的姿态。昨夜宜于到湖边步月，今夜宜于在灯前和老友共饮。“夜雨剪春韭”，多么动人的诗句！可惜我没有家园，不曾种韭。即使我有园种韭，这晚上也不想去剪来和 CT 下酒。因为实际的韭菜，远不及诗中的韭菜的好吃。照诗句实行，是多么愚笨的事呀！

女仆端了一壶酒和四只盆子出来，酱鸭、酱肉、皮蛋和花生米，放在收音机旁的方桌上。我和 CT 就对坐饮酒。收音机上面的墙上，正好贴着一首我写的、数学家苏步青的诗：“草草杯盘共一欢，莫因柴米话辛酸。春风已绿门前草，且耐余寒放眼看。”有了这诗，酒味特别的好。我觉得世间最好的酒肴，莫如诗句。而数学家的诗句，滋味尤为纯正。因为我又觉得，别的事都可有专家，而诗不可有专家。因为做诗就是做人。人做得好的，诗也做得好。倘说做诗有专家，非专家不能做诗，就好比说做人有专家，非专家不能做人，岂不可笑？因此，有些“专家”的诗，我不爱读。因为他们往往爱用古典，蹈袭传统；咬文嚼字，卖弄玄虚；扭扭捏捏，装腔作势；甚至神经过敏，出神见鬼。而非专家的诗，倒是直直落落，明明白白，天真自然，纯正朴茂，可爱得很。樽前有了苏步青的诗，桌上酱鸭、酱肉、皮蛋和花生米，味同嚼蜡；唾弃不足惜了！

我和CT共饮，另外还有一种美味的酒肴！就是话旧。阔别十年，身经浩劫。他沦陷在孤岛上，我奔走于万山中。可惊可喜、可歌可泣的话，越谈越多。谈到酒酣耳热的时候，话声都变了呼号叫啸，把睡在隔壁房间里的人都惊醒。谈到二十余年前他在宝山路商务印书馆当编辑，我在江湾立达学园教课时的事，他要看看我的子女阿宝、软软和瞻瞻——《子恺漫画》里的三个主角，幼时他都见过的。瞻瞻现在叫做丰华瞻，正在北平北大研究院，我叫不到；阿宝和软软现在叫丰陈宝和丰宁馨，已经大学毕业而在中学教课了，此刻正在厢房里和她们的弟妹们练习平剧！我就喊她们来“参见”。CT用手在桌子旁边的地上比比，说：“我在江湾看见你们时，只有这么高。”她们笑了，我们也笑了。这种笑的滋味，半甜半苦，半喜半悲。所谓“人生的滋味”，在这里可以浓烈地尝到。CT叫阿宝“大小姐”，叫软软“三小姐”。我说：“《花生米不满足》、《瞻瞻新官人，软软新娘子，宝姐姐做媒人》、《阿宝两只脚，凳子四只脚》等画，都是你从我的墙壁上揭去，制了锌板在《文学周报》上发表的。你这老前辈对她们小孩子又有什么客气？依旧叫‘阿宝’、‘软软’好了。”大家都笑。

人生的滋味，在这里又浓烈地尝到了。我们就默默地干了两杯。我见CT的豪饮，不减二十余年前。我回忆起了二十余年前的一件旧事，有一天，我在日升楼前，遇见CT。他拉

住我的手说："子恺，我们吃西菜去。"我说"好的"。他就同我向西走，走到新世界对面的晋隆西菜馆楼上，点了两客公司菜，外加一瓶白兰地。吃完之后，仆欧送账单来。CT 对我说："你身上有钱吗？"我说："有！"摸出一张五元钞票来，把账付了。于是一同下楼，各自回家——他回到闸北，我回到江湾。过了一天，CT 到江湾来看我，摸出一张拾元钞票来，说："前天要你付账，今天我还你。"我惊奇而又发笑，说："账回过算了，何必还我？更何必加倍还我呢？"我定要把拾元钞票塞进他的西装袋里去，他定要拒绝。坐在旁边的立达同事刘薰宇，就过来抢了这张钞票去，说："不要客气，拿到新江湾小店里去吃酒吧！"大家赞成。于是号召了七八个人，夏丏尊先生、匡互生、方光焘都在内，到新江湾的小酒店里去吃酒。吃完这张拾元钞票时，大家都已烂醉了。此情此景，憬然在目。如今夏先生和匡互生均已作古，刘薰宇远在贵阳，方光焘不知又在何处。只有 CT 仍旧在这里和我共饮。这岂非人世难得之事！我们又浮两大白。

夜阑饮散，春雨绵绵。我留 CT 宿在我家，他一定要回旅馆。我给他一把伞，看他的高大的身子在湖畔柳荫下的细雨中渐渐地消失了。我想："他明天不要拿两把伞来还我！"

1948 年 3 月 28 日夜于湖畔小屋

吃酒

◎丰子恺

酒，应该说饮，或喝。然而我们南方人都叫吃。古诗中有"吃茶"，那么酒也不妨称吃。说起吃酒，我忘不了下述几种情境：

二十多岁时，我在日本结识了一个留学生，崇明人黄涵秋。此人爱吃酒，富有闲情逸致。我二人常常共饮。有一天风和日暖，我们乘小火车到江之岛去游玩。这岛临海的一面，有一片平地，芳草如茵，柳荫如盖，中间设着许多矮榻，榻上铺着红毡毯，和环境作成强烈的对比。我们两人踞坐一榻，就有束红带的女子来招待。"两瓶正宗，两个壶烧。"正宗是日本的黄酒，色香味都不亚于绍兴酒。壶烧是这里的名菜，日本名叫tsuboyaki，是一种大螺蛳，名叫荣螺(sazae)，约有拳头来大，壳上生许多刺，把刺修整一下，可以摆平，像三足鼎一样。把这大螺蛳烧杀，取出肉来切碎，再放进去，加入酱油等调味品，煮熟，就用这壳作为器皿，请客人吃。这器皿像一把壶，所以名为壶烧。其味甚鲜，确是侑酒佳品。用的筷子更佳：这双筷用纸袋套好，纸袋上印着"消毒割箸"四个字，袋上又插着一个牙签，预备吃过之后用的。从纸袋中拔出筷来，但见一半已割裂，一半还连接，让客人自己去裂开来。这木头是消毒过的，而且没有人用过，所以用时心地非常快适。用后就丢弃，价廉并不可惜。我赞美这种筷，认为是世界上最进步的用品。西洋人用

刀叉，太笨重，要洗过方能再用；中国人用竹筷，也是洗过再用，很不卫生，即使是象牙筷也不卫生。日本人的消毒割箸，就同牙签一样，只用一次，真乃一大发明。他们还有一种牙刷，非常简单，到处杂货店发卖，价钱很便宜，也是只用一次就丢弃的。于此可见日本人很有小聪明。且说我和老黄在江之岛吃壶烧酒，三杯入口，万虑皆消。海鸟长鸣，天风振袖。但觉心旷神怡，仿佛身在仙境。老黄爱调笑，看见年轻侍女，就和她搭讪，问年纪，问家乡，引起她身世之感，使她掉下泪来。于是临走多给小账，约定何日重来。我们又仿佛身在小说中了。

又有一种情境，也忘不了。吃酒的对手还是老黄，地点却在上海城隍庙里。这里有一家素菜馆，叫做春风松月楼，百年老店，名闻遐迩。我和老黄都在上海当教师，每逢闲暇，便相约去吃素酒。我们的吃法很经济：两斤酒，两碗“过浇面”，一碗冬菇，一碗十景。所谓过浇，就是浇头不浇在面上，而另盛在碗里，作为酒菜。等到酒吃好了，才要面底子来当饭吃。人们叫别了，常喊作“过桥面”。这里的冬菇非常肥鲜。十景也非常入味。浇头的分量不少，下酒之后，还有剩余，可以浇在面上。我们常常去吃，后来那堂倌熟悉了，看见我们进去，就叫“过桥客人来了，请坐请坐！”现在，老黄早已作古，这素菜馆也改头换面，不可复识了。

另有一种情境，则见于患难之中。那年日本侵略中国，石门湾沦陷，我们一家老幼九人逃到杭州，转桐庐，往城外河头上租屋而居。那屋主姓盛，兄弟四人。我们租住老三的屋子，隔壁就是老大，名叫宝函。他有一个孙子，名叫贞谦，约十七八岁，酷爱读书，常常来向我请教问题，因此宝函也和我要好，常常邀我到他家去坐，这老翁年约六十多岁，身体很健康，常常坐在一只小桌旁边的圆鼓凳上。我一到，他就请我坐在他对面的椅子上，站起身来，揭开鼓凳的盖，拿出一把大酒壶来，在桌上的杯子里满满地斟了两盅；又向鼓凳里摸出一把花生米来，就和我对酌。他的鼓凳里装着棉絮，酒壶裹在棉絮里，可以保暖，斟出来的两碗黄酒，热气腾腾。酒是自家酿的，色香味都上等。我们就用花生米下酒，一面闲谈。谈的大都是关于他的孙子贞谦的事。他只有这孙子，很疼爱他。说"这小人一天到晚望书，身体不好……"望书即看书，是桐庐土白。我用空话安慰他，骗他酒吃，骗得太多，不好意思，我准备后来报谢他。但我们住在河头上不到一个月，杭州沦陷，我们匆匆离去，终于没有报谢他的酒惠。现在，这老翁不知是否在世，贞谦已入中年，情况不得而知。

最后一种情境，见于杭州西湖之畔。那时我僦居在里西湖招贤寺隔壁的小平屋里，对门就是孤山，所以朋友送我一副对联，叫做"居邻葛岭招贤寺，门对孤山放鹤亭"。家居多暇，则闲坐在湖边的石凳上，欣赏湖光山色。每见一中年男子，蹲在岸上，向湖边垂钓。他钓的不是鱼，而是虾。钓钩上装一粒饭米，挂在岸石边，一会儿拉起线来，就有很大的一只虾。其人把它关在一个瓶子里。于是再装上饭米，挂下去钓，钓得了三四只大虾。他就把瓶子藏入藤篮里，起身走了。我问他："何不再钓几只？"他笑着回答说："下酒够了。"我跟他去，见他走进岳坟旁边的一家酒店里，拣一座头坐下了。我就在他旁边的桌上坐下，叫酒保来一斤酒，一盆花生米。他也叫一斤酒，却不叫菜，取出瓶子来，用钓丝缚住了这三四只虾，拿到酒保烫酒的开水里去一浸，不久取出，虾已经变成红色了。他向酒保要一小碟酱油，就用虾下酒。我看他吃菜很省，一只虾要

吃很久,由此可知此人是个酒徒。

此人常到我家门前的岸边来钓虾。我被他引起酒兴,也常跟他到岳坟去吃酒。彼此相熟了,但不问姓名。我们都独酌无伴,就相与交谈。他知道我住在这里,问我何不钓虾。我说我不爱此物。他就向我劝诱,尽力宣扬虾的滋味鲜美,营养丰富。又教我钓虾的窍门。他说:"虾这东西,爱躲在湖岸石边。你倘到湖心去钓,是永远钓不着的。这东西爱吃饭粒和蚯蚓。但蚯蚓龌龊,它吃了,你就吃它,等于你吃蚯蚓。所以我总用饭粒。你看,它现在死了,还抱着饭粒呢。"他提起一只大虾来给我看,我果然看见那虾还抱着半粒饭。他继续说:"这东西比鱼好得多。鱼,你钓了来,要剖,要洗,要用油盐酱醋来烧,多少麻烦。这虾就便当得多:只要到开水里一煮,就好吃了。不须花钱,而且新鲜得很。"他这钓虾论讲得头头是道,我真心赞叹。

这钓虾人常来我家门前钓虾,我也好几次跟他到岳坟吃酒,彼此熟识了,然而不曾通过姓名。有一次,夏天,我带了扇子去吃酒。他借看我的扇子,看到了我的名字,吃惊地叫道:"啊! 我有眼不识泰山!"于是叙述他曾经读过我的随笔和漫画,说了许多仰慕的话。我也请教他姓名,知道他姓朱,名字现已忘记,是在湖滨旅馆门口摆刻字摊的。下午收了摊,常到里西湖来钓虾吃酒。此人自得其乐,甚可赞佩。可惜不久我就离开杭州,远游他方,不再遇见这钓虾的酒徒了。

写这篇琐记时,我久病初愈,酒戒又开。回想上述情景,酒兴顿添。正是"昔年多病厌芳樽,今日芳樽唯恐浅"。

我的喝酒

◎王蒙

上

我不是什么豪饮者。“一年三百六十日，一日畅饮三百杯”的纪录不但没有创造过，连想也不敢想。只是“文化大革命”那十几年，在新疆，我不但穷极无聊地学会了吸烟，吸过各种牌子的烟，置办过“烟具”——烟斗、烟嘴、烟荷包(装新疆的马合烟用)；也颇有兴味地喝了几年酒，喝醉过若干次。

穷极无聊。是的，那岁月的最大痛苦是穷极无聊，是死一样地活着与活着死去。死去你的心，创造之心，思考之心，报国之心；死去你的情，任何激情都是可疑的或者有罪的；死去你的回忆——过去的一切如黑洞、惨不忍睹；死去你的想象——任何想象似乎都只能带来危险和痛苦。

然而还是活着，活着也总还有活着的快乐。比如学、说、读维吾尔语，比如自己养的母鸡下了蛋——还有一次竟孵出了十只欢蹦乱跳的鸡雏。比如自制酸牛奶——质量不稳定，但总是可以喝到肚里；实在喝不下去了，就拿去发面，仍然物尽其用。比如……也比如饮酒。

饮酒，当知道某次聚会要饮酒的时候便已有了三分兴奋

了。未饮三分醉，将饮已动情。我说的聚会是维吾尔农民的聚会。谁家做东，便把大家请到他家去，大家靠墙围坐在花毡子上，中间铺上一块布单，称作“dastirhan”。维吾尔人大多不喜用家具，一切饮食、待客、休息、睡眠，全部在铺着矮炕的毡子(讲究的则是地毯)上进行。毡子上铺上了干净的“dastirhan”，就成了大饭桌了。然后大家吃馕(nang，一种烤饼)，喝奶茶。吃饱了再喝酒，这种喝法有利于保养肠胃。

维吾尔人的围坐喝酒总是与说笑话、唱歌与弹奏二弦琴(都塔尔)结合起来。他们特别喜欢你一言我一语地词带双关地笑谑。他们常常有各自的诨名，拿对方的诨名取笑便是最最自然的话题。每句笑谑都会引起一种爆发式的大笑，笑到一定时候，任何一句话都会引起这种起哄作乱式的大笑大闹。为大笑大闹开路，是饮酒的一大功能。这些谈话有时候带有相互挑战和比赛的性质，特别是遇到两三个善于辞令的人坐在一起，立刻唇枪舌剑，你来我往，话带机锋地较量起来，常常是大战八十回合不分胜负。旁边的人随着说几句帮腔捧哏的话，就像在斗殴中“拉便宜手”一样，不冒风险，却也分享了战斗的豪情与胜利的荣耀。

玩笑之中也常常有“荤”话上场，最上乘的是似素实荤的话。如果讲得太露太黄，便会受到大家的皱眉、摇头、叹气与干脆制止，讲这种话的人是犯规和丢分的。另一种犯规和丢分的表现是因为招架不住旁人的笑谑而真的动起火来，表现出粗鲁不逊，这会被责为“qidamas”——受不了，即心胸狭窄、女人气。对了，忘了说了，这种聚会都是清一色的男性。

参加这样的交谈能引起我极大的兴趣。因为自己无聊。因为交谈的内容很好笑，气氛很火热，思路及方式颇具民俗学、文化学的价值。更因为这是我学习维吾尔语的好机会，我坚信参加一次这样的交谈比在大学维语系里上教授的三节课收获要大得多。

此后，当有人问我学习维吾尔语的经验的时候，我便开玩笑说："要学习维吾尔语，就要和维吾尔人坐到一起，喝上它一顿、两顿白酒才成！"

是的，在一个百无聊赖的时期，在一个战战兢兢的时期，酒几乎成了唯一的能使人获得一点兴奋和轻松的源泉。非汉民族的饮酒聚会，似乎在疯狂的人造阶级斗争中，提醒人们注意人们仍然有过并且没有完全灭绝太平地、愉快地享受生活的经验。食物满足的是肠胃的需要，酒满足的是精神的需要，是放松一下兴奋一下闹腾一下的需要，是哪怕一刻间忘记那些人皆有之的，于我尤烈的政治上的麻烦、压力的需要。在饮下酒两三杯以后，似乎人和人的关系变得轻松了乃至靠拢了。人变得想说话，话变得多了。这是多么好啊！

中

一些作家朋友最喜欢谈论的是饮酒的四个阶段：第一阶段饮者像猴子，变得活泼、殷勤、好动。第二阶段像孔雀，饮者得意洋洋，开始炫耀吹嘘。第三阶段像老虎，饮者怒吼长啸、气势磅礴。第四阶段是猪。据说这个说法来自非洲。真是惟妙惟肖！而在"文革"中像老鼠一样生活着的我们，多么希望有一刻成为猴子，成为孔雀，成为老虎，哪怕最后烂醉如泥，成为一头猪啊！

我也有过几次喝酒至醉的经验，虽然，许多人在我喝酒与不喝酒的时候都频频夸奖我的自制能力与分寸感,不仅仅是对于喝酒。

真正喝醉了的境界是超阶段的,是不接受分期的。醉就是醉,不是猴子,不是孔雀,不是老虎,也不是猪。或者既是猴子,也是孔雀,还是老虎与猪,更是喝醉了的自己,是一个瞬间麻痹了的生命。

有一次喝醉了以后我仍然骑上自行车穿过闹市区回到家里。我当时清醒地意识到自己是醉(据说这就和一个精神病人能反省和审视自己的精神异常一样,说明没有大醉或大病)了,意识到酒后冬夜在闹市骑单车的危险。今天可一定不要出车祸呀!出了车祸一切就都完!一定要控制住自己的身体平衡!一定要躲避来往的车辆!看,对面的一辆汽车来了……一面骑车一面不断地提醒着自己,忘记了其他的一切。等回到家,我把车一扔,又是哭又是叫……

还有一次小醉之后我骑着单车见到一株大树,便弃车扶树而俯身笑个不住。这个醉态该是美的吧?

有一次我小醉之后异想天开去打乒乓球。每球必输。终于意识到,喝醉了去打球,不是一个正确的选择。喝醉了便全不在乎输赢,这倒是醉的妙处了。

最妙的一次醉酒是七十年代初期在乌鲁木齐郊区上"五·七"干校的时候。那时候我的家还丢在伊犁。我常常和几个伊犁出生的少数民族朋友一起谈论伊犁,表达一种思乡的情绪,也表达一种对于自己所在单位前自治区文联与当时的乌拉泊干校"一连"的没完没了的政治学习与揭发批判的厌倦。一次和这几个朋友在除夕之夜一起痛饮。喝到已醉,朋友们安慰我说:"老王,咱们一起回伊犁吧!"据说我当时立即断然否定，并且用右手敲着桌子大喊："不，我想的并不是回伊犁！"我的醉话使朋友们愕然，他们面面相觑，并且事后告诉我说，他们从我的话中体味到了一些别的含义。而我大睡一觉醒来，完全、彻底、干净地忘掉了这件事。当朋友们告诉我醉后说了什么的时候，我自己不但不能记忆，也不能理解，甚至不能相信。但是我看到了受伤的右手，又看到了被我敲坏了桌面的桌子。显然，头一个晚上是醉了，真的醉了。

好好的一个人，为什么要花钱买醉，一醉方休，追求一种不清醒不正常不自觉浑浑噩噩莫知所以的精神状态呢？这在本质上是不是与吸毒有共通之处呢？当然，吸毒犯法，理应受到严厉的打击。酗酒非礼，至多遭受一些物议。我不是从法学或者伦理学的观点来思考这个问题，而是从人类的自我与人类的处境的观点上提出这个问题的。

面对一个喝得醉、醉得癫狂的人我常常感觉到自我的痛苦，生命的痛苦。对于自我的意识为人类带来多少痛苦！这是生命的灵性，也是生命的负担。这是人优于一块石头的地方，也是人苦于一块石头之处。人生与社会为人类带来多少痛苦！追求宗教也罢，追求(某些情况下)艺术也罢，追求学问也罢，追求美酒的一醉也罢，不都含有缓解一下自我的紧张与压迫的动机吗？不都表现了人们在一瞬间宁愿认同一只猴儿、一只孔雀、一只虎或者一头猪的动机吗？当然，宗教艺术学问，还包含着远为更高更阔更繁复的动机；而且，这不是每一个人都做得到的。而饮酒，则比较简单易行、大众化、立竿见影；虽有它的害处却不至于像吸毒一样可怖，像赌博一样令人倾家荡产，甚至于也不像吸烟一样有害无益。酒是与人的某种情绪的失调或待调有关的。酒是人类的自慰的产物。动

物是不喜欢喝酒的。酒是存在的痛苦的象征。酒又是生活的滋味、活着的滋味的体现。撒完酒疯以后，人会变得衰弱和踏实——“几日寂寥伤酒后，一番萧索禁烟中”。酒醉到极点就无知无觉，进入比猪更上一层楼的大荒山青埂峰无稽崖的石头境界了。是的，在猴、孔雀、虎、猪之后，我们应该加上饮酒的最高阶段——石头。

好了，不再做这种无病呻吟了。（其实，无病的呻吟更加彻骨，更加来自生命自身。）让我们回到维吾尔人的欢乐的饮酒聚会中来。

下

在维吾尔人的饮酒聚会中，弹唱乃至起舞十分精彩。伊犁地区有一位盲歌手名叫司马义，他的声音浑厚中略有嘶哑。他唱的歌既压抑又舒缓，既忧愁又开阔，既有调又自然流露。他最初的两句歌总是使我怆然泪下。“一声何满子，双泪落君前”，我猜想诗人是只有在微醺的状态下才能听一声《何满子》就落泪的。我最爱听的伊犁民歌是《羊羔一样的黑眼睛》，我是“一声黑眼睛，双泪落君前”，现在在香港客居，写到这里，眼睛也湿润了。

和汉族同志一起饮酒没有这么热闹。酒的作用似乎在于诱发语言。把酒谈心，饮酒交心，以酒暖心，以心暖心，这就是最珍贵的了。

还有划拳，借机伸拳捋袖，乱喊乱叫一番。划拳的游戏中含有灌别人酒、看别人醉态洋相的取笑动机，不足为训，但在那个时候也情有可原。否则您看什么呢？除了政治野心家的

"秀",什么"秀"也没有了。可惜我划拳的姿势和我跳交际舞的姿势处于同一水准,丑煞人也。讲究的划拳要收拢食指,我却常常把食指伸到对手的鼻子尖上。说也怪,我其实是很注重勿以食指指人的交际礼貌的,只是划拳时控制不住食指。

"何以解忧,唯有杜康","古来圣贤皆寂寞,唯有饮者留其名","光阴须得酒消磨","明朝酒醒知何处"(后二句出自苏轼)……我们的酒神很少淋漓酣畅的亢奋与浪漫,倒多是"举杯消愁愁更愁"的烦闷,不得意即徒然地浪费生命的痛苦。我们的酒是常常与某种颓废的情绪联系在一起的。然而颓废也罢,有酒可浇,有诗可写,有情可抒,这仍然是一种文人的趣味,文人的方式,多获得一种趣味和方式,总是使日子好过一些,也使我们的诗词里多一点既压抑又豁达自解的风流。酒的贡献仍然不能说是消极的。至于电影《红高粱》里的所谓对于"酒神"的赞歌,虽然不失为很好看的故事与画面,却是不可以当真的。制作一种有效果——特别是视觉效果的风俗画,是该片导演常用的一种艺术表现手法,而与中国人的酒文化未必相干。

近年来在国外旅行有过多次喝"洋酒"的机会,也不妨对中外的酒类做一些比较。许多洋酒在色泽与芳香上优于国酒。而国酒的醇厚别有一种深度。在我第一次喝干雪梨(Cherry · dry)酒的时候我颇兴奋于它与我们的绍兴花雕的接近。后来与内行们讨论过绍兴黄的出口前景(虽然我不做出口贸易),我不能不叹息于绍兴黄的略嫌混浊的外观。既然黄河都可以治理得清爽一些,绍兴黄又有什么难清的呢?

我也不明白为什么中国的葡萄酒要搞得那么甜。通化葡萄酒的质量是很上乘的,就是含糖量太高了。他们能不能也

生产一种干红(黑)葡萄酒呢?

我对南中国一带就着菜喝“人头马”、“XO”的习惯觉得别扭。看来我其实是一个很易保守的人。我总认为洋酒有洋的喝法。饭前、饭间、饭后应该有区分。怎么拿杯子,怎么旋转杯子,也都是“茶道”一般的“酒道”。喝酒而无道,未知其可也。

而我的喝酒,正在向着有道而少酒无酒的方向发展。医生已经明确建议我减少饮酒。我又一贯是最听医生的话、最听少年儿童报纸上刊载的卫生规则一类的话的人。就在我著文谈酒的时候,我丝毫没有感到“饮之”的愿望。我不那么爱喝酒了。“文化大革命”的日子毕竟是一去不复返了。

这又是一种什么境界呢?饮亦可,不沾唇亦可。饮亦一醉,不饮亦一醉。醉亦醒,不醉亦醒。醒亦可猴,可孔雀,可虎,可猪,可石头。醉亦可。可饮而不嗜。可嗜而不饮。可空谈饮酒,滔滔三日,绕梁不绝,而不见一滴。也可以从此戒酒,就像我自一九七八年四月再也没有吸过一支烟一样。

1993年4月写,时居香港岭南学院

诗人与酒

◎洛夫

岁末天寒，近日气温骤降，唯一的乐趣是靠在床头拥被读唐诗。常念到白居易的《问刘十九》：

绿蚁新醅酒，
红泥小火炉。
晚来天欲雪，
能饮一杯无？

我忽然渴望身边出现两样东西；雪与酒。酒固伸手可得，而雪，数十年来难得一见，只有从关于合欢山的气象报告中去找。

小时候读这首诗，我只能懂得四分之三，最后一句的味道怎么念也念不出来，后来年事渐长，才靠一壶壶的绍兴高粱慢慢给醺了出来。对于饮酒，我徒拥虚名，谈不上酒量，平时喜欢独酌一两盏，最怕的是轰饮式的闹酒；每饮浅尝即止，微醺是我饮酒的最佳境界。记得陈眉公在《小窗幽记》中特别提到饮酒的适当场合与时机，他说：

> 法饮宜舒，放饮宜雅，病饮宜小，愁饮宜醉，春饮宜庭，夏饮宜郊，秋饮宜舟，冬饮宜室，夜饮宜月。

其实我认为，不论冬饮或夜饮，都宜于大雪纷飞时围炉进

行。如一人独酌，可以深思漫想，这是哲学式的饮酒；两人对酌，要以灯下清谈，这是散文式的饮酒。但超过三人以上的群酌，不免会形成闹酒，乃至酗酒，这样就演变为戏剧性的饮酒，热闹是够热闹，总觉得缺乏那么一点情趣。

数年前的寒冬，闻知合欢山大雪，曾计划携带高粱两瓶，狗肉数斤，邀二三酒友上山作竟夕之饮，后因其中一位有事羁绊，未能如期实现，等这位朋友把事情办妥，合欢山的皑皑白雪早已化为淙淙溪流了。计划期间，一位朋友说要带一部唐诗，当酒酣耳热之际，面对窗外满山大雪朗诵，一定能念出另一番情趣来。我则准备带一本《聊斋》，说不定可以邀来一位美丽的女鬼共饮。另一位想得更绝，他说他要带一部《水浒传》；赏雪饮酒与梁山好汉们何干？我们都摸不透他的玄机。你猜他怎么说：当狗肉正熟，酒香四溢时，忽见窗外一位身着破衲的大和尚，冒着风雪奔来，待他走近一看，赫！这不正是鲁智深吗？

有人说，好饮两杯的人，都不是俗客，故善饮者多为诗人与豪侠之士。张潮在《幽梦影》一文中说："胸中小不平，可以酒消之，世间大不平，非剑不能消也。"这话说得多么豪气干云！可是这并不能证明，雅俗与否，跟酒有绝对的关系。如说饮者大多为性情中人，倒是不错的。唯侠客与诗人所不同的是，前者志在为世间打抱不平，替天行道，一剑在手风雷动，群魔魍魉皆伏首。而诗人多为文弱书生，而感触又深，胸中的块垒只好靠酒去浇了。

诗人好酒，我想不外乎两个原因：其一，酒可以渲染气氛，调剂情绪，有助于谈兴，故浪漫倜傥的诗人无不喜欢这个调调儿。其二，酒可以刺激脑神经，产生灵感，唤起联想。例如二十来岁即位列初唐四杰之冠的王勃，据说在他写《滕王阁》七言古诗和《滕王阁序》时，先磨墨数升，继而酣饮，然后拉起被子覆面而睡，醒来后抓起笔一挥而就，一字不易。李白当年奉诏为玄宗写清平调时，也是在烂醉之下用水泼醒后完成的。当然，这种情况也因人而异，李白可以斗酒诗百篇，换到王维或孟浩然，未必就能在醉后还有这么高的创作效率。现代诗人中好饮者颇不乏人，较出名的有纪弦、郑愁予、沙牧、周鼎等人。对他们来说，饮酒与写诗毕竟是两回事，并无直接影响。他们醉后通常喋喋不休，只会制造喧嚣。他们的好诗都是在最清醒的状态下写成的。至于我自己，虽喜欢喝两杯，但大多适量而止，偶尔喝醉了，头脑便昏昏沉沉，只想睡觉，一觉醒来，经常连腹中原有的诗句都已忘得一干二净。

能饮善饮而又写得一手好诗的，恐怕千古唯青莲居士一人。"钟鼓馔玉不足贵，但愿长醉不愿醒，古来圣贤皆寂寞，唯有饮者留其名。"字字都含酒香，如果把他所有写酒的诗拿去压榨，也许可以榨出半壶高粱酒来。

李白如此贪杯，他的太太是否也像刘伶妻子一样讨厌酒而强迫丈夫戒酒呢？先说刘伶吧，他的那篇戒酒誓词，的确算得上是千古妙文。据《世说新语》所载：一天刘伶酒瘾发作，向太太索酒，太太一气之下，将所有的酒倒掉，且把酒具全部砸毁，然后一把鼻涕一把眼泪劝他说："你饮酒太过，非摄生之道，必须戒掉。"刘伶说："好吧，不过要我自己戒是戒不掉的，只有祝告神灵后再戒。"他太太信以为真，便遵嘱为他准备了酒肉。于是刘伶跪下来发誓说："天生刘伶，以酒为名，一饮一斛，五斗解酲，妇人之言，慎不可听！"祝祷既毕，便大口喝酒，大块进肉，醉得人事不知。这种妇人，也只有刘伶这种办法来

对付。李白的太太是否也干预他的酒事呢？遍查史籍，我们找不到任何关于这方面的资料。不过，倒可以在他的《将进酒》一诗中得到一点暗示：最后他为了“与尔同销万古愁”，不是很兴奋地命儿子把名贵的五花马、千金裘拿去换酒吗？假如他事先未征得太太的同意，他未必敢如此慷慨。由此足证，他的太太当不至像刘伶妻子那么泼悍，凡事还可以商量的。

在这方面，苏东坡的太太就显得贤惠多了。《后赤壁赋》中有一段关于饮酒的对话，非常精彩，可供天下诗人的太太参考。话说宋神宗元丰五年十月某夜，苏东坡从雪堂步行回临皋，有两位朋友陪他散步而去，这时月色皎洁，情绪颇佳，走着走着，他忽然叹息说：

“有客无酒，有酒无肴，月白风清，如此良宵何？”

一位朋友接道：“今者薄暮，举网得鱼，巨口细鳞，状如松江之鲈，顾安所得酒乎？”

有鱼就好办，于是苏东坡匆匆赶回去跟老妻商量。苏夫人果然是一位贤德之妇，她说：“我有斗酒，藏之久矣，以待子不时之需。”

只要听到这两句话就够醉人的了；这个女人不但是一位好主妇，也可以说是苏东坡的知己。

金圣叹的《三十三不亦快哉》中，也有一则提到向太太索酒的事：一位十年不见的老友薄暮来访，一见面不先问他坐船来或是搭车来，也没有说请坐，便直奔内室，低声下气地问太太：“君岂有酒如东坡妇乎？”金太太虽不像苏夫人经常为丈夫藏好酒，但毫不考虑地从头上拔下金簪去换钱沽酒，这同样是一位了不起的好妻子。

比较说来，西洋人比中国人更好酒贪杯，成年后的男人几乎人人都能喝酒。也许正因为饮酒已成为他们生活中的普遍经验,故很少成为诗的题材;西洋诗中有不少描写色情的诗,却罕闻酒香。反之,由于中国古典诗中关于友叙、送别,与感怀这一类的作品最多,故诗中经常流着两种液体,一是眼泪,一是酒。泪的味道既咸且苦,酒的味道又辛又辣,真是五味俱全,难怪某些批评家认为中国的文学是纯感性的。如何在创作时保持高度的清醒,在作品中少掺点眼泪和酒,以求取感性与知性的均衡发展,这恐怕是从事新文学创作的人应该三思的。

酒前高人

◎柳萌

文化圈里的人，嗜酒者不少，贪杯的不多。这样的饮者，我视为高人。比如作古的汪曾祺、刘绍棠，这两位先生都善饮，几杯下肚之后，话语立刻多了起来，但是决不胡说八道，相反，借着清醇的酒劲儿，他们会有妙语吐出。跟那些酗酒之人，完全有着不同的神态，前者让人觉得疯癫，后者让人感到飘逸，如果按照民间的鬼神话，给这两者来个定位，后者似“仙”，前者像“鬼”。我这个不嗜酒的人，对于跟酒有缘的诸君，就是这样看。

汪老在世时，我有多次机会，跟他一起参加笔会。每次一沾了酒，老人家就会兴奋，显出雅人深致的气度，而且往往会乘着酒兴，铺纸泼墨，写字作画，完全一派纯文人的举止。其情其景，煞是可爱。这时的汪老，边饮边说，妙语如珠，听者畅然如饮，方悟这酒，原来竟是个好东西。

绍棠好饮，早有耳闻。亲眼见他饮酒，是在他行动方便时。有次，他、戴煌和我，三人一起去首钢。住在小招待所里，用餐时只我们三人，当然也就随意。开始哥仨只是闷头吃，吃到半截儿上，绍棠发了话：“没酒怎么行，来点喝，怎么样？”戴煌和我，都不饮酒，就没有应声。绍棠自酌自斟，几杯下肚以后，原本善言的他，话立刻更多了，人也就更显风流倜傥。

这两位酒仙，都是只饮白酒。还有一位酒仙，著名画家丁聪先生，几种酒放在桌上，竟然同时饮用。那年一家杂志开会，用餐时，我跟丁聪先生同席。

席上备有白、啤、葡萄三种酒，我以为他只选一种，不曾想，他让服务小姐一种满一杯，三种轮流饮。我问丁先生："味道如何？"这位老画家幽默地说："味道好极了，反正我画不出这感觉。"

这三位酒前高人，都是在餐桌上，表现出一派文人情致，那种不愠不躁的酒风，给我留下了极深印象。我这个对酒毫无兴趣的人，如果说对酒并不厌烦，正是因为见过这些真正的饮者。

还有一位齐木德道尔基先生，这位蒙古族著名老诗人，同样是个酒前高人，而且比之前三位雅士，在酒前更有可爱之处。他饮酒是真正的饮酒，不见得有佐酒之菜，要是有点咸菜顺酒，那就更会让他快乐不已。我认识他那会儿，正是挨饿时期，用粮食做的酒，是要凭票供应的，老先生喝完还想喝，就去商店柜台前，跟营业员没话找话，目的是最后讨一杯免费酒。酒饮透了，兴致来了，老先生就悄悄地走开，一路上哼哼唧唧的，不知是吟诗，还是唱歌，只有他自己知道。看，这是一位多么高洁的酒人，酒有了这样的人，岂不使酒更有身价吗？

当然，文人同样都是普通人，饮者中也有人成"鬼"，只是耍起酒疯来，似乎也还文明。我认识一位作家，他非常喜欢酒，几乎每餐必饮，一饮必醉，一醉必耍，很有点酒中性情人。这位老弟的酒疯，耍起来，一不骂街，二不打人，只是钻桌子，钻进去就在里边唠叨。唠叨的话，不是政治，不是经济，仍然是文学。不过这会儿，可就别要求他谦虚了，他说的都是，自

己的书如何好，别人的书怎样臭，你若是想反驳，那可就没你的好了。所以这时，你就得瞎话当真话，假正经当认真，这台戏就平安散场。看，这是一位多么单纯的酒人，酒有了这样的人，岂不是使酒更有魅力吗？

人说，文人天生与酒有缘，这话大体不算错，但是也不尽然，在今天的文人中，不嗜酒者大有人在。这些不嗜酒的文人，倒是有个好处，并不反对别人饮酒。如果从这方面来讲，酒跟更多文人沾点边儿，那也应该算是缘分啦。在文化圈里，酒前高人，可真不算少呢！

路上遇到的酒鬼

◎南子

他又喝醉了。

他的身体像一具孤零零的、腐烂的、布满灰尘的酒桶被随便扔在了地上，沾着湿漉漉的酒渍、烟丝和干泥巴的衣服上早已看不出什么颜色，老远就能闻到一股热烘烘、霉湿的汗味儿。

他是奎依巴格镇上的有名的酒鬼。维吾尔族人。

没人知道他确切的年龄，也许他才五十多岁，也许都六十开外了。正午酷烈的阳光散发出噩梦一样的暑气，一阵阵吹着他破烂衣衫的一角，再顺便吹一下他黧黑的、瘦骨伶仃的胸脯。他的眼角积满了发黄的眼屎——但他毫不在乎！地上的空酒瓶沾着尘土，影子一样散发出尘世的暖意。

现在，他歪着颤巍巍的身子，坐在正午烈日下的马路中间，这个时辰已没有多少人在走动，一只脏乎乎的老黑狗踱到他的身边嗅了嗅，又满不在乎地走了。当有过路人或车辆经过他的身边时，他的眼神直勾勾的，喉咙里像呛着古老的哽咽，发出一种咕噜咕噜的声音。他伸展开手臂，身体几乎要扑将过去——那张被劣质酒精、穷人的孤单和落魄时光摧残的脸上迸发出一种古怪的欢喜，但过路人很快就敏捷地躲开了，绕着道，带着厌恶、鄙夷的神情远远地看着他，好像在说：“瞧，

这个酒鬼!”

他叫吐依洪·买买提。他曾经还算是一个有钱人,但那是好多年前的事了。还是在上个世纪八十年代,他曾经有过几亩葡萄地,有过不多不少的羊,甚至还拥有过一峰高大健壮的骆驼的时候(那峰骆驼是他在和田农村的父亲临死前留给他的)。但不知从什么时候起,他开始嗜酒无度,几亩种得好好的葡萄地、不多不少的羊都被他拿去赌酒、换酒喝了,再也不属于他。为讨酒喝,他那温顺的妻子也被自己打得捂着脸跑出去,再也没有回来。从那时起,他的生活便跟酒有关。他常常和一伙像他一样的无事可干的维吾尔族小伙子在一起赌酒喝,但更多的时候是一个人怔怔地喝,皱着眉头,像喝苦药似的咂一口酒,有时还就着掰碎的干馕、一把葡萄干或一根洋葱什么的。没有人知道他的酒量,他常常喝醉——好像一喝就醉。酒是他的温暖、他的苦恼。有时喝醉了就像未装满东西的布口袋一样歪斜着贴着墙根倒下去,一睡就是一整天。

终于有一天,他萎缩着身子,牵着骆驼来到巴扎上。离开时他拥有了一匹用骆驼换来的黑马和腋下夹着的一瓶喝了已近一半的白酒。他摇摇晃晃地走到家门口,他的在门口玩耍的四个小巴朗齐齐地望着他——喂江——喂江地叫起来。那张被酒精浸泡过的,带着懊恼、羞愧又有一点沾沾自喜的脸奇怪地扭成一团,像在说:“唉呀,我又喝多了。”

就这样,短短的几个月时间里,为了换酒喝,他的一峰骆驼就先后被他换成了一匹马,马又换成了一头牛,牛又换成了一头驴,驴又换成了一只羊——最后,直到有一天,他赤红着脖子,勒紧破袄上的腰带(一根麻绳),牵着羊走进了一户农民家里,出来的时候,他的脚步踉踉跄跄,口袋里揣着一只空酒瓶,两手痛苦地扶着墙根,慢慢地蹲下去。这个季节正值冬季,等他第二天醒来,身上已落了一层薄雪。他感觉迟钝地往衣服上抹了一把雪,小心翼翼地用舌头舐了舐,细眯着眼睛,脸上露出心满意足的笑容。

现在,我的脚步正在路过他,一个苍老的酒鬼。他衣衫褴褛地睡在乡镇供销社的墙角下,睡在自己的梦乡里,没有谁来惊醒他。他是这个小镇中以奇奇怪怪方式生活着的一个。每一天,他是感到快乐呢还是悲伤,我已无从知晓。携带着全部宿命意味的气息,不知什么时候已悄悄潜入了我的身体。

2003.9.07

马丁尼之恋

◎刘绍铭

已记不起初尝第一口马丁尼是在什么年代了。总之，绝对不是二十世纪五十年代就是。

二十世纪五十年代中期我在台湾地区当学生，正值“克难”时期。台大宿舍的膳食在今天看来，营养充足，但吃多了就面有菜色。

那段日子，口袋若有余钱，要满足的口腹之欲非常实在：出外吃一个盒饭，另加一只荷包蛋。

同学偶然在宿舍聚会，想到以酒助兴，大伙儿总奋不顾身，拿出坚壁清野的精神，把衣裤倒吊，看谁的口袋能抖出铜板，以充公去买九块钱一瓶的乌梅酒。

一穷二白，也有好处，因为吃的穿的别无选择，就容易满足。你看咱们几个土包，捧着不知年份的土炮乌梅，你一口我一口地喝着，时而咧嘴傻笑，觉得人间充满了温情。

二十世纪六十年代的前半段，我在美国度过。有两年我住的是学校宿舍。与洋同学相处，周末免不了“笑人胡姬酒肆中”。一进门，二话不说，“胡姬”就轰的一声把容量接近一加仑的大瓶啤酒搁在台上，然后甜甜一笑说：Have a good time, folks(祝大家玩得高兴)！

二十世纪六十年代后期我在中文大学任教，平时的好友有戴天和李欧梵。戴诗人以在台大操场穿着 designer shoes 踢足球而名噪一时。在香港地区教我初识名酿如茅台和五粮液的，就是这位心挂椰树、来自毛里求斯的青年。

也许崇洋惯了，喝了几口来自祖国的酒中极品后，发觉无福消受。问及浪漫主义形象化了的欧梵，才知我们是“同病相怜”，“奴性难改”，爱上的，都是洋酒。惊识马丁尼，应该是二十世纪七十年代吧。那时我已辗转回到美国教书。一次在芝加哥大学余国藩教授家做客，饭前他问我要喝些什么鸡尾酒，我说随他方便，说着，就跟着他到厨房餐桌坐下。

他净手如仪后，打开冰箱，取出冰块放在 shaker 中，加入 Beefeater 杜松子酒，然后混了七八滴苦艾，轻轻摇了几下，搁在桌上。

我坐在旁边屏息以待。只见余教授打开冰箱，取出柠檬，割下两块皮，然后又从冰箱里恭恭敬敬地取出两只结了霜的阔口薄身水晶杯子，擎起 shaker 摇了两下，注入杯中。

我端着凝霜的夜光杯，还未沾唇，已觉酒香醉人。入口时，但觉浑身经络脉穴，顿时四通八达，不旋踵即入华胥境。

经国藩引介，我从此爱上了马丁尼。只可惜要喝调得像他那么经典的得要自己动手。

喝马丁尼的快乐一半来自制作仪式。杜松子酒、苦艾、柠檬皮、凝霜的水晶杯，搅搅拌拌、沸沸腾腾，想起来就够烦的了。但我还是乐此不疲，因为功成后举起琼浆玉液，除了异香扑鼻外，还让你看到一种可以令人出神的形而上的美。

日本人的茶道仪式，三跪九叩，庄重得不得了，泡出来的茶水虽不及马丁尼那么艳绝天下，却别具一种风情。

所谓文化，就是懂得领略“物外之趣”。

酒

◎钱君匋

我对于酒，非常爱好，甚至爱之入骨，但我是有节制的，一生之中只不过喝醉了两回。现在已经走到了人生的最后梢头，由于自然规律的关系，更是谨慎，不再像年轻时候那样多喝，但是遇到好酒，免不了贪杯，人家都笑我何以对酒特别钟情，连我自己也说不明白。

记得我最早开始喝酒是在十二岁左右。我的父母都爱杯中物，除早上的一餐稀饭不喝酒外，每餐必喝。我见他们在喝酒时，总是眉飞色舞，兴高采烈得把一天的劳累完全忘却，好像进入了一个什么王国似的，天大的忧愁、恩怨都会消融在杯中，进入朦朦胧胧的最可逗留的优哉游哉境界，淡忘了一切。至于他们下酒的菜呢，完全不讲究，有什么吃什么，有时只有些花生米、豆腐干、青菜、萝卜之类，但也常有刚从网船上买来的活鱼虾，因为烧得一手好菜，这些东西都弄得味道很好，如同出自名厨之手，我在桌边有时也撒娇嚷着要喝酒，可以允许在他们的杯中喝几口，酒一到嘴里，其味之香醇，实在难于形容。说甜不甜，说辣不辣，有一种鲜明愉快的感觉，直刺心胸，喝着酒自然会精神抖擞起来，比什么都来得轻松，美好，喝了一口还想再喝一口，诱人得很。父母见我能喝也就放手让我喝上几口，但经常对我说不要喝得太多，乃至喝醉，我也小心

翼翼地不敢多喝，生怕喝醉了。但醉是怎样一回事，那时我却毫无经验。

就在不久后的一个下午，我偷偷地取了几个敬神用的小酒盅，揣在怀里出去玩儿，撞见两个同年龄的朋友，彼此都非常投机，玩着玩着，一道走进一家规模很大的酱园，这家酱园正在酿酒，而且已到成熟的时候，我们三人都闻到酒香，就向香的来处直奔过去，只见满屋子放的都是土石缸，缸缸是新成熟的酒，浓浓的香喷喷的实在诱人。我第一个用揣在怀里的小酒盅摸到缸中去舀一盅尝尝，觉得酒味很甜，很容易上口，于是对同伴说，大家过来喝甜酒吧！他俩都很高兴地一起爬上缸来，身子一半在缸外，一半在缸内，用我分给他们的小酒盅舀起酒来往嘴里直灌，异口同声地说，“好甜！好香！”我就鼓动他俩放量喝去，不知什么时候都被醉倒了，呼呼地大睡起来，这是我第一回醉酒，家中见我们很长时间不回家，就出去寻找，找遍了河边、坟场、林间，凡是我们经常去的地方，都不见人影，于是家中人急了，但急也没用。正在焦虑之间，酱园的酿酒师傅特地跑来报信，说你家的小孩醉倒在酒缸上，快去领回来吧，这才找到了我们三个。我被领回到家里，先是一顿训斥，接着一顿体罚，告诫下次不可再去闯事。训斥和体罚都是不好受的，较之喝酒的味儿真是天上地下。回想刚才在缸上喝酒的情景，实在难以忘怀，想着那种撩人的味儿，恍惚还像醉着睡在酒缸上似的。舒服极了。这样的事，平生从来没有过第二次，到今天还是眷恋。这次到故乡去一看，那家酱园歇业已久，那个酿酒作坊早已无存，没法再温旧梦，只好永远留在记忆中了。

后来我踏入社会，在开明书店这一段时间，有个酒会，会员都是当时文坛上的知名人物和开明同仁，如沈雁冰、郑振铎、叶绍钧、章克标、方光焘、周予同、丁晓先、章锡琛、夏丏尊、丰子恺、范洗人、章锡山等，他们一次都能喝加饭酒五斤，每星期举行酒会一次。一天下午夏丏尊偶然谈到喝酒，我就问开明的酒会有何规定，夏老说能喝加饭酒五斤的就可以参加，我没有再吭声，因为我充其量只能喝三斤半，不够资格。章锡琛在旁边衔着香烟说君匋只能喝三斤半，加入酒会还要先锻炼锻炼，夏老接过来就说，我以为君匋如果要加入酒会，尺度可以放宽些，打一个七折吧？老板，你同意不同意？章老板原想拒我于门外，既然夏老说打个七折，廉价招徕生意，当然可以破例吸收，入了会再锻炼不迟。于是我就被吸收入酒会。第一次与会时我努力喝到四斤，不能再多了，他们一致认为我还可以，日后有可能达到标准，后来我果然能毫不费力喝到五斤。我们酒会喝酒时并不互相斟酒，每人半斤一壶，自斟自饮，有十把半斤壶翻倒在桌上，就算是五斤了。饮毕散出回家，没有一人走路是东歪西斜的，口齿也不会说不清，一切都正常。

五十年代，丰子恺老师借住在章锡琛家里，一天已近傍晚，我有事去找他商量，两人便踱出弄堂，去到间壁王宝和酒店小酌，那天老师和我在谈话中都多喝了半斤，谈得非常高兴，下酒菜王宝和没有别的，只有发芽豆、五香豆腐干、花生米之类，那里是不卖热炒的。那天虽然只喝得三斤半加饭，但是有些醉意，怀中揣着谈话的成果，兴奋地回家。这就是第二回喝醉。可是到了九十年代，王宝和摇身一变，和五十年代的情况完全不同了，从进门上到三楼，都改建得五光十色，处处崭新，用现代建筑材料、现代技法装潢搞得既有古典的传统风

格，又有现代奇特的光彩；冬天热气，夏天冷气的小餐厅接二连三；还有衣着华美、涂脂抹粉的服务小姐；富丽堂皇得比豪华宾馆里的餐厅还要讲究，找不到半点五十年代破破烂烂的木桌、板凳、盆、碗，连盛半斤酒的小锡壶也被换掉了；下酒菜当然已非发芽豆、花生米之类，而是上等蟹宴，高级菜肴了。我这个昔日的老主顾，一进门如刘姥姥入"大观园"，弄得眼花缭乱，件件都是新鲜的，以为走错了人家，仔细一看招牌，一点不错，正是"王宝和"呀！这次我去光顾，简直不是喝酒，而是吃高级菜肴了。

我有一个朋友，是女的，她对于酒好像是对于茶或饮料，在她身上酒不起什么作用，她随便喝五斤十斤都不会醉，有人为了出来应酬而不会喝酒，常常带她在身边，一碰到紧要关头，就请她出来代喝，对方无不望风披靡！我问她对酒的趣味是不是和我们所感觉的一样，她说酒这种东西，实在好玩，喝少一点其味无穷，喝多了也不过如此，譬如饮茶，一饮而尽，只觉得嘴里有点湿润而已，酒精对人体的刺激不觉得，也就没有什么事了。另有一种人，见了酒就怕，说是喝一口就会满脸通红，以为很不雅观，所以不敢喝；有的则说酒一到口，浑身会感觉不舒服，也不知其原因何在，所以不敢喝；有的喝了酒，全身会起鸡皮疙瘩，痒得要命，所以不敢喝。看来这些人对酒是不相适应的，他们就没有喝酒的福分了，无可勉强。

1992 年 2 月 9 日上海

酒

◎柯灵

假如你向人提起绍兴，也许他不知道这是历史上越国的古都，也许他没听说过山阴道上水秀山媚的胜景，也许他糊涂到这地方在中国哪一省也不大搅得清楚；可是他准会毫不含糊地告诉你："唔，绍兴的老酒顶有名。"

是的，说起绍兴的黄酒，那实在比绍兴的刑名师爷还著名，无论是雅人墨客，无论是贩夫走卒，他们都有这常识：从老酒上知道的绍兴。

在绍兴的乡下，十村有九村少不了酿酒的人家。随便跑进哪一个村庄，照例是绿水萦回，竹篱茅舍之间，点缀着疏疏的修竹；这些清丽的风景以外，最引人注目的，就是那广场上成堆的酒坛了。坛子是空的，一个个张着圆形的口，横起来叠着，打底的一层大概有四五十只，高一层少几只，愈高愈少，叠成一座一座立体的等边三角形：恰像是埃及古国的金字塔。酒坛外面垩着白粉，衬托在碧朗朗的晴空下，颜色常是非常的鲜明愉快。要是凑得巧，正赶上修坛的时节，金字塔便撤去了，随地零乱地摆着，可是修坛的声音显得十分热闹——那是铁器打着瓷器，一种清脆悠扬的音乐般的声音：叮当，叮当……合着疾徐轻重的节奏，掠过水面，穿过竹林，镇日在寂静的村落中响着。

这些酿酒的人家,有许多是小康的富农,把酿酒作为农家的副业;有许多是专门藉此营生的作坊,雇用着几十个“司务”,大量地酿造黄酒,推销到外路去——有的并且兼在城里开酒馆。

绍兴老酒虽然各处都可以买到,但是要喝真的好酒还是非到绍兴不可。而且绍兴还得分区域:山阴的酒最好,会稽的就差一点。——你知道陆放翁曾经在鉴湖上做过专门喝酒吟诗的渔翁,在山阴道畔度过中世纪式的隐遁生涯这历史的,因此你也许会想象出鉴湖的风光是如何秀媚,那满湖烟雨,扁舟独钓的场面又是如何诗意;但你不会知道鉴湖的水原来还是酿酒的甘泉,你试用杯子满满舀起鉴湖的清水,再向杯中投进一个铜元,水向杯口凭空高涨起来了,却不会流下半滴;用这水酿成的黄酒,特别芳香醇厚。

生为绍兴人,自然多数是会喝酒的了。但像我这样长年漂泊异乡的是例外,还有一种奇怪的,是做酒工人虽然都很“洪量”,作坊主人却多数守口如瓶,不进半滴。——“做酒是卖给人家喝的,做酒人家千万不要自己喝!”你懂得了这一点理由,对于绍兴人的性格,便至少可以明白一半。

酒店在绍兴自然也特别多,城里不必说,镇上小小一条街,街头望得见街尾的,常常在十家以上;村庄上没有市集,一二家卖杂货的“乡下店”里也带卖酒。

那些酒店,大都非常简陋:单开店面,楼下设肆,楼上兼做堆栈,卧房,住宅。店堂里有一个曲尺形的柜台,恰好占住店堂直径的一半地位,临街那一面的柜台上,一盆盆地摆着下酒的菜,最普通的是芽豆,茴香豆,花生,豆腐干,海螺狮;间或也有些鱼干、熏鹅、白鸡之类,那是普通顾客绝少问津的珍馐上品。靠店堂那一面的柜台是空着，常只有一块油腻乌黑的揩台布，静静地躺在上面，这儿预备给一些匆忙的顾客，站着喝上一碗——不是杯——喝完就走；柜台对面的条凳板桌，那是预备给比较闲适的人坐的；至于店堂后半间“青龙牌”背后那些黑黝黝的座位，却要算是上好的雅座，顾客多有些斯文一脉，是杂货店里的“大伙先生”（绍兴人呼“经理”为“大伙”）之类了。曲尺以内，那是店伙计们的区域，小伙计常站在曲尺的角上招待客人，当着冬天，便时常跑到“青龙牌”旁边的炉子上去双手捧着洋铁片制成的酒筒，利用它当做火炉；“大伙”兼“东家”的，除了来往接待客人以外，还得到账桌上去管理账务。这些酒店的狭窄阴暗，以及油腻腻的柜台桌凳，要是跑惯了上海的味雅、冠生园的先生们，一看见就会愁眉深锁，急流勇退地逃了出来的；但跑到那儿去的顾客，却决不对它嫌弃——不，岂但嫌弃呢，那简直是他们小小的乐园！

以上所说的不过是乡镇各处最普通的酒店，在繁华的城内大街，情形自然也就大不相同。那里除了偏街僻巷的小酒店以外，一般的酒楼酒馆大都整洁可观。底下一层，顾客比较杂乱，楼上雅座，却多是一些差不多的所谓“上等人”。雅座的布置很漂亮，四壁有字画屏对，有玻璃框子的印刷的洋画；若是在秋天，茶几上还摆上几盆菊花或佛手，显得几分风雅。但这些“上等”的酒楼中间，我们还可以把它们分为两种：一种酒肴都特别精致，不甚注意环境的华美；另一种似乎在新近二三年里面才流行；酒和菜都不大讲究，可是地方布置很好，还备着花布屏风，可以把座位彼此隔分开来；此地应该特别提明一笔的，就是这种酒店都用着摩登的女招待。到前一种酒店里去的自然是为了口腹享用，后一种的顾客，却是“醉翁之意不

在酒”,假定这些喝酒的都是“名士”,那么就得替他们在“名士”前面,加上“风流”二字的形容了。

至于说,喝酒是一种怎样的情趣呢?那在我似的不喝酒的人,是无从悬猜的。绍兴酒的味道,有点甜,有点酸,似乎又有点涩:我无法用适当的词句来作贴切的形容,笼统地说一句,实在不很好吃,喝醉了更其难受。这自然只是我似的人的直觉。但假如我们说酒的滋味全在于一点兴奋的刺激,或者麻痹的陶醉,那我想大概不会错得很远。

都市人的喝酒仿佛多数是带点歇斯底里性的。要享乐,要刺激,喝酒,喝了可以使你兴奋;失恋了,失意了,喝酒,喝了畅快地狂笑一阵,痛哭一场,然后昏然睡去,暂时间万虑皆空。绍兴人喝酒虽也有下意识地希图自我陶醉的,但多数人喝酒的意义却不是这样。绍兴人的性情最拘谨,他们明白酗酒足以伤身误事,经常少喝点却有裨于身体的健康。关于这,有两句歌谣似的俗语,叫做“老酒糯米做,吃得变 Nio Nio”。——Nio Nio 是译音,因为我写不出那两个字;意思是肥猪,喝了酒可以变得肥猪那么壮。“Nio Nio 主义”者喝酒跟吃饭差不多,每饭必进,有一定的分量,喝了也依然可以照常工作,无碍于事。

酒在绍兴是补品,也是应酬亲友最普通的交际品。宴会聚餐固然有酒,亲戚朋友在街上邂逅了,寒暄过后也总是这一句:“我们酒店里去吃一碗(他们把‘喝’也叫‘吃’),算我的。”或者说:“我们去‘雅雅’来!”——“雅雅”来,话说得这么雅致,喝酒是一件雅事便可以想象了。无论你怎样的莽汉,除非是工作疲倦了,忙里偷闲地在柜台上站着匆匆喝完一碗,返身便走的劳动者,一上酒店,就会斯文起来;因为喝酒不能大口大口地牛饮，只有低斟浅酌的吃法才合适。你看他们慢慢吃着，慢慢谈着，谈话越多，酒兴越好，这一喝也许会直到落日昏黄，才告罢休。

你觉得这样的喝法，时间上太不经济吗？但这根本便是一种闲情逸趣，时间越闲，心境越宽，便越加有味。你还没见过绍兴人喝酒的艺术呢！第一，他们喝酒不必肴馔，而能喝得使旁观的人看来也津津有味。平常下酒，一盘茴香豆最普通，要是加一碟海螺蛳，或者一碟花生豆腐干，那要算是十分富丽了。真正喝酒的人连这一点也不必，在酒店里喝完半斤以后，只要跑到柜台上去，用两个指头拈起一块鸡肉（或者鸭肉），向伙计问一问价钱，然后放回原处说："啊？这么贵？这是吃不起的。"说着把两个指头放在嘴里舔一舔沾着的鸡味，便算完事，可以掉过头扬长而去。这虽是个近于荒唐的笑话，却可以看出他们喝酒的程度来。第二，那便是喝酒的神情的动人了！端起碗来向嘴边轻轻一啜，又用两个指头拈起一粒茴香豆或者海螺蛳，送进口里去，让口牙自己去分壳吃肉地细细咀嚼。酒液下咽喱然作声，嘴唇皮咂了几下，辨别其中的醇味，那么从容舒婉，不慌不忙，一种满足的神气，使人不得不觉得他已经暂时登上了生活的绿洲，飘然离开现实的世界。同时也会相信酒楼中常见那副"醉里乾坤大，壶中日月长"的对联，实在并没有形容过火了。

在从前，"生意经"人和种田人都多数嗜酒，家里总藏着几坛，自用之外，兼以饷客。但近年来却已经没有那样的豪情胜慨，普通人家，连米瓮也常常见底，整坛的老酒更其难得。小酒店的营业一天比一天清淡，大的酒楼酒馆都雇了女招待来招徕生意，上酒店的人大都要先打一下算盘了。只有镇上那

些“滥料”的流浪汉，虽然肚子一天难得饱，有了钱总还是倾囊买醉，踉踉跄跄地满街发牢骚骂人，寻是生非，在麻醉中打发着他们凄凉的岁月。

自己在故乡的几年，记得曾经有一时也常爱约几个相知的朋友，在黄昏后漫步到酒楼中去，喝半小樽甜甜的善酿，彼此海阔天空地谈着不经世故的闲话，带了薄醉，踏着悄无人声的一街凉月归去。——并不是爱酒，爱的是那一种清绝的情趣。——大概因为那时生活还不很恐慌，所以有这样的闲情逸致；要是在今日，即使我仍在故乡，恐怕也未必有这么好整以暇的心绪了吧？

酒

◎贾平凹

我在城里工作后，父亲便没有来过，他从学校退休在家，一直照管着我的小女儿。我从前的作品没有给他寄过，姨前年来，问我是不是写过一个中篇，说父亲听别人说过，曾去县上几个书店、邮局跑了半天去买，但没有买到。我听了很伤感，以后写了东西，就寄他一份，他每每又寄还给我，上边用笔批了密密麻麻的字。给我的信上说，他很想来一趟，因为小女儿已经满地跑了，害怕离我们太久，将来会生疏的。但是，一年过去了，他却未来，只是每一月寄一张小女儿的照片，叮咛好好写作，说："你正是干事的时候，就努力干吧，农民扬场趁风也要多扬几锨呢！但听说你喝酒厉害，这毛病要不得，我知道这全是我没给你树个好样子，我现在也不喝酒了。"接到信，我十分羞愧，发誓便再也不去喝酒，回信让他和小女儿一定来城里住，好好孝顺他老人家一些日子。

但是，没过多久，我惹出一些事情来，我的作品在报刊上引起了争论。争论本是正常的事，复杂的社会上却有了不正常的看法，随即发展到作品之外的一些闹哄哄的什么风声雨声都有。我很苦恼，也更胆怯，像乡下人担了鸡蛋进城，人窝里前防后挡，唯恐被撞翻了担子。茫然中，便觉得不该让父亲来，但是，还未等我再回信，在一个雨天他却抱着孩子搭车

来了。

老人显得很瘦，那双曾患过白内障的眼睛，越发比先前滞呆。一见面，我有点慌恐，他看了看我，就放下小女儿，指着我让叫爸爸。小女儿斜头看我，怯怯地刚走到我面前，突然转身又扑到父亲的怀里，父亲就笑了，说："你瞧瞧，她真生疏了，我能不来吗？"

父亲住下了，我们睡在西边的房子，他睡在东边的房子。小女儿慢慢和我们亲热起来，但夜里却还是要父亲搂着去睡。我叮咛爱人，什么也不要告诉父亲，一下班回来，就笑着和他说话，他也很高兴，总是说小女儿的可爱，逗着小女儿做好多本事给我们看。一到晚上，家里来人很多，都来谈社会上的风言风语，谈报刊上连续发表批评我的文章，我就关了西边门，让他们小声点，父亲一进来，我们就住了口。可我心里毕竟是乱的，虽然总笑着脸和父亲说话，小女儿有些吵闹了，就忍不住斥责，又常常动手打屁股。这时候，父亲就过来抱了孩子，说孩子太嫩，怎么能打，越打越会生分，哄着到东边房子去了。我独自坐一会儿，觉得自己不对，又不想给父亲解释，便过去看他们。一推门，父亲在那里悄悄流泪，赶忙装着眼花了，揉了揉，和我说话，我心里愈发难受了。

从此，我下班回来，父亲就让我和小女儿多玩一玩，说再过一些日子，他和孩子就该回去了。但是，夜里来的人很多，人一来，他就又抱了孩子到东边房子去了。这个星期天，一早起来，父亲就写了一张条子贴在门上："今日人不在家"，要一家人到郊外的田野里去逛逛。到了田野，他拉着小女儿跑，让叫我们爸爸，妈妈。后来，他说去给孩子买些糖果，就到远远的商店去了。好长时间，他回来了，腰里鼓囊囊的，先掏出一包糖来,给了小女儿一把,剩下的交给我爱人,让她们到一边去玩。又让我坐下,在怀里掏着,是一瓶酒,还有一包酱羊肉。我很纳闷:父亲早已不喝酒了,又反对我喝酒,现在却怎么买了酒来?他使劲用牙启开了瓶盖,说:

"平儿,我们喝些酒吧,我有话要给你说呢。你一直在瞒着我,我什么都知道了。我原本是不这么快来的,可我听人说你犯了错误,不知道到底是什么情况,怕你没有经过事,才来看看你。报纸上的文章,我前天在街上的报栏里看到了,我觉得那没有多大的事。你太顺利了,不来几次挫折,你不会有大出息呢!当然,没事咱不寻事,出了事但不要怕事,别人怎么说,你心里要有个主见。人生是三节四节过的,哪能一直走平路?搞你们这行事,你才踏上步,你要安心当一生的事儿干了,就不要被一时的得所迷惑,也不要被一时的失所迷惘。这就是我给你说的,今日喝喝酒,把那些烦闷都解了去吧。来,你喝喝,我也要喝的。"

他先喝了一口,立即脸色彤红,皮肉抽搐着,终于咽下了,嘴便张开往外哈着气。那不能喝酒却硬要喝的表情,使我手颤着接不住他递过来的酒瓶,眼泪刷刷地流下来了。

喝了半瓶酒,然后一家人在田野里尽情地玩着,一直到天黑才回去。父亲又住了几天,他带着小女儿便回乡下去了。但那半瓶酒,我再没有喝,放在书桌上,常常看着它,从此再没有了什么烦闷,也没有从此沉沦下去。

1983 年作于五味什字巷

利口酒

——访德散记之一

◎张炜

如果有一帮老和尚偷偷摸摸捣鼓出一种酒，并且能够得以流传，那么这种酒不会错的。和尚造酒是犯忌的。优秀的僧人当然不会去干。但这是另一回事。我想说的是人间一些珍品的源路有多么奇特。

我们游过了西德的北部和中部，来到了南部城市斯图加特。一个下午，我们去城外郊游。太阳很低了，这时才有人想起回城里去。但要赶回去吃饭显然已经晚了点，于是有人提议在城外的郊区酒馆里进餐。

这还是来德国后第一次进这样的饭馆。

整个店像一座乡间别墅，全部用粗大的圆木钉成。屋顶大得很，看上去拙稚可爱。它在浓绿的草木簇拥之中与周围的一切相映成趣。美人蕉红得像火，野栗子树大冠如伞。木头屋子四周约几十米的地方，有一道削成方棱的木头栅栏。栅栏内有白色的金属椅子，有白木条凳。显然，这里面会是很有趣味的。

走进店门，大家都怔了一下。原来这里面十分华丽，简直一点儿不比维尔茨堡或汉诺威那些考究的酒馆差到哪里去——我们来斯图加特之前曾去过两个绝棒的酒馆，印象深刻。这个郊外的酒馆临近黄昏，灯火齐明，金属刀叉闪着光亮。枝形烛台上插满了蜡烛，桌子上的餐巾洁白如雪。墙壁上的装饰让人瞩目：一个野猪头，獠牙弯弯，小眼睛微微发红；鹿角尖尖，鹿的神情栩栩如生，如少女般温柔地注视着来客。这都是真实的动物做成的标本钉在了墙上的。还有壁画，画的内容当然是狩猎，猎人脚踏长筒皮靴，绑了裹脚，举着猎枪。一只棕熊中弹，腾空而起扑向猎人。不知为什么这些壁画都画得笨模笨样的，野物的神情多少有点像人。

这一切使你强烈地感到另一种生活的气息，即远远地离我们而去的山地狩猎、燃起篝火烤肉喝酒的那样一种情形。我们刚刚从山间小路上来，穿越了大片的丛林，再进这样的酒馆不是正合适吗？酒馆招待彬彬有礼，请客人入座，送盘碟刀叉，一整套动作连贯流畅，很像一种体态优美的舞蹈动作。但客人不会觉得有任何滑稽的意味，相反会从中感到源于职业的端庄和矜持。要点什么菜呢？菜单上标明了有烤土豆条、青豆等，有鱼——一种淡水鱼，样子像青鱼，产自城郊碧绿的小湖；有鹿肉、野猪肉、牛排、猪排等等。我要了一盘色拉、一份烤土豆条、一份鹿肉。喝什么酒呢？酒的品种可真多，我们几个人相视而笑。

小说家G是我们的老大哥。他个子不高，穿一件黑色披风，多少像个将军。他伸出右手说："利口酒。"

我和另一位朋友也选择了利口酒。

原来这是一种无色液体，像崂山矿泉水那么明净，银晶晶的。只有小小一杯，我敢说那杯子比拇指大不了多少。旁边的朋友有的要当地啤酒，有的要葡萄酒，都是大杯子或半大的杯子，我们显然太不合算。我低头看看小小的杯子，见杯子的

上半部有一道细细的红线,而杯中的酒刚刚达到红线那儿——也就是说,这种杯子虽然小如拇指,但却没有装满。

我端量了一会儿有趣的小杯子,与小说家G一同端起来。其实我们是用拇指和食指小心翼翼地将它捏起来的,送到嘴边,喝了很少一点。

“怎么样?”一边喝啤酒的人问。

我不能算是会喝酒的人。但我知道这一回喝到了一种古怪的酒。它的几滴液体在口中迅速漫开,使我感到满口里都是玫瑰花的味道。但轻轻咂一咂嘴,这种芬芳又若有若无地隐去了,有些微微的麻辣,并透出意味深长的甘甜。此刻的呼吸也充满了这种奇特的气味,令人神情一振。当我放下杯子的时候,这才感到舌尖冰凉,像刚刚溶化了几块薄冰。

这就是利口酒。我怎么告诉朋友它是什么滋味呢?我只能和G一起喊一句:“好。”

接下去的时间是我们捏住那个小杯子,快乐、谨慎、心神专注地把它喝完了。

一直陪同我们访问的当地一位记者、对南部风物极其熟悉的H介绍了利口酒。他说这种酒是很早以前,由一座修道院里的一帮修士们弄出来的。怎么弄出来的不知道,反正是给世上添了一种美好的东西。现在这里的利口酒有好多种了,但他最喜欢的还是修士们搞出来的这一种。

我仿佛看到了一群修士不动声色地在高墙大院内走着,转过一个夹道,进入一间地下室,搬出了一个硕大无比的酒坛。

大家全都兴致勃勃的。H先生竖起了拇指。

我仰脸看着屋顶天花板墙壁上的狩猎画,想象着很久以前这儿的独特风习，仿佛嗅到了山林中飘出的烤野猪肉的香味。那些好猎手也喝到了修士们的酒，你一盅我一盅，互相眨着眼睛。这样有劲道的酒显然猎人喝起来更合适一点，要比啤酒葡萄酒之类更对他们的胃口。

有人问H先生这种酒是什么酿成的。

H的回答有些含混，但我听明白它不是大麦和葡萄，也不是其他粮食和果子，而是玫瑰花瓣——究竟是否纯粹的鲜花瓣不得而知，但我确实听到了“玫瑰”二字。

天晓得修士们怎么冥想出这样的玄妙精微，竟然用娇羞艳丽的东西酿酒。我多少有些吃惊，我想起了小杯子上那道神秘的红线，那正是玫瑰的颜色。

这种酒在我眼里是无与伦比的，或许事实上也正是那样。因为它本身包含了美丽的传说，奇妙的想象，还有不可思议的工艺……我想这也除非是修士们来制造，否则是不可能的。

我知道中国的和尚、印度的僧侣，他们都有博大精深的著作，构成了东方文化中最瑰丽最深奥的部分。这显然都是静悟和冥想的精粹，是一度回避尘埃的结果。做大学问的人都是寂寞自得的，与世俗利害相去甚远。试想中国的一些书画珍品、诗文高论、健身秘术，玄妙莫测，很多都出自和尚道人。

我知道物质经济，与艺术神思的原理相悖也相通，它们有一点是相同的，那就是同源于一种生命的创造能力。创造力的消长荣衰，有时是非常奇怪的，它们往往在安静的时刻里慢慢滋生壮大，然后一举完成一件不朽的业绩。

小说家G微仰着身子离开座位，又伸出右手。他大约在最后一次赞扬利口酒。

这座郊区酒馆不会从我们的记忆中抹掉，因为它太有个

性了。来西德后见过一些有个性的酒馆，印象都非常深刻。我觉得欧洲人返朴归真的愿望非常强烈，这大约与他们的经济发展现状有关系。走在这块土地上，你到处可见他们满怀深情的追忆的痕迹，而酒馆只是其中一例。

坐在酒馆里，进餐(物质营养)的同时，不由自主地经历一次精神的洗礼，显然是很棒的。他们要尽一切可能，寻找一切机会，让人们去重温一个过去了的时代。

记得在北部和中部城市，在闹市区，类似的酒馆也不少见。例如在恩格斯家乡附近，大约是美丽如画的中部城市乌珀塔尔，我们就见过一个别具丰采的酒馆。

那个酒馆从外部看是玻璃结构的现代化建筑，正门装饰得很洋气。可进去之后，你就会大吃一惊。因为它的内部空间非常之大，出乎意料，真正是别有洞天。整个空间又分成了不同风味、不同色调、不同内容的很多很多区间，你可以随自己的意愿和趣味去选择。比如既有举行鸡尾酒会的大厅，讲究、富丽；又有散发着原始气味的、装饰了各种野物标本的小宴会厅，还有东西方各种风格的、各自独立的一些小型餐馆。有的地方是一个怪石嶙峋的山洞，摸索着进了洞才豁然开朗，原来又是一小酒馆。泉声潺潺，水车的木轮当真在转动。一处又一处圆木钉起的小屋，每一处里面都飘出酒香，响着叮咚的碰杯声。

这就是那个酒馆内部的情形。

我们一看就可以明白主人用心良苦。它提醒人们是从大自然中走出来的，那儿的一切仍然像是伸手就可以触摸，青藤缠绕，篝火嫣红，号角频频，狩猎的呐喊震动山谷。酒、野味、休憩的幸福，这一切都是勤劳和英勇开拓换来的。昨天刚刚逝去,人类还多么年轻。

记得每一次宴会都要摆上点燃的蜡烛。现在的电光源已经是五花八门,但唯有蜡烛的光焰在这里长明不熄。仅仅是仿古和怀旧吗?我想这和那装点成原始意味的餐馆一样,给人的感觉是复杂的。

比如在巴伐利亚州府,老市长在市政厅的地下室里招待我们——地下室的墙壁上就和斯图加特的郊区酒馆一样,画满了狩猎的彩色图案。而且这儿的天花板上画了几个很大的动物,画了持枪的猎人。这使我们这些刚刚从繁华的街道上走来的客人进入了一个全新的世界。这是老市长相中的地方。他在此款待遥远的东方客人。墙壁上的图画在我看来仍然是笨模笨样的,倒也特别淳朴自然,透出了绘制者虔敬宁静的心态。那次宴会间,好像是慕尼黑市的文化长官伸手指点着墙上的图画,解释了它的内容。

总之,这儿不断向我们显示过去了的那个时代。这个时代当然不仅仅属于欧洲的民族,同样也属于亚洲。茂密的丛林和那时候的一切风俗一块儿消失了,人们只好根据记忆去复制出来。每个时代都有属于它自己的东西,我们在追忆寻找的那一刻里,也就变得丰富和成熟了。

试问现在还可以产生利口酒吗?现在还有那样的修士吗?我听说西方的修士在旅游旺季开办旅馆接客,而东方的僧人也开起了小卖部,经营图书宝剑和无笔画之类。没有过去的修士了,也不会产生那样的利口酒了。谁要想在充满刺激的迪斯科舞曲里轻轻呷着利口酒,谁就要执拗地维护那样的一种风范,一种传统,一种可以为今人所用的美妙的成果。

那天,直到太阳完全沉没我们才离开那座乡间酒馆。车

子向着通往斯图加特的城区开去,我们频频回首望着稀疏淡远的灯火。夜风里,不知为什么玫瑰花的香味十分浓郁。这使我们又一次念出那种酒的名字。

我们那次旅行知道了修士们也会酿酒。

并且知道了玫瑰花也可以酿酒。利口酒,利口酒。

1987 年 11 月

瓶中何物

◎周涛

瓶中何物——水乎火乎?

青诗曰:有水的形态,火的性格。水是怎样的一种阴柔优美,顺器随形,火又是何等的暴躁凶烈,因风就势,是谁使这对立的两种力量合而为一的呢?

瓶中何物——火乎水乎?

绿诗答:一滴酒是一汪水,它是大自然的血清;一滴酒是一朵火,它是这血清的自焚。倾出不过一汪,点燃不过一朵,可是它为什么无腿走千家,有嘴吻万人,愁深常至友,恨浅柜中缘,它为什么总能以涓涓细流突破、推倒理智的重重防线,从貌似干涸的感情深渊里掀起层层巨澜呢?

水火无情酒有情。

有情方饮酒,无聊才读书。

然而酒中的情是什么情啊?透过清澈的一杯薄酒,一眼望见的该是怎样一种一眼望不到底的虚空啊?杯中的天空没有一丝云朵,壶里的乾坤尽是风霜雨雪。谁敢定睛凝视这高度概括、浓缩、酝酿、提炼的无物之物?君不见人间多少铁心肠、硬肝胆的所谓英雄男儿,哪个不是两眼一闭,仰颈吞下这杯苦药?谁都知道酒中的情只是两个字:浅薄,但是谁又能完全摆脱它呢?人间的至深至真的情,是被酒翻来覆去捉弄、颠

三倒四玩耍的，酒这流氓！

酒是情物，而酒又是最无情的。

记起，一个像井轱辘那样古旧的童话，它实在是意味儿太深长了：渔人从大海里打捞出一个瓶口封死的瓶子，他好奇，打开——被封闭了五百年的巨大妖魔从瓶子里出来了……这个故事是酒的绝妙的象征，只有喝醉酒的人才懂得那个巨大的妖魔是怎样从长时间封闭的心灵的瓶口中被释放出来的。它的躯体如烟似梦、庞大得顶天立地，它的面貌狰狞奇幻、比最奇特的想象的组合还要怪诞百倍，它一旦从现实主义的、唯物的人的心灵中被释放出来，竟能把产生它、压抑它的那个人惊骇得绝倒！

它是醉酒者的原欲和灵魂。

饮者呵，你目睹过自己放出的灵魂么？假如你目睹过，你是不是认识它是你的哪一部分？你是不是理解它？你是不是像那个渔人一样用小小的欺骗伎俩重又把它诱入瓶口、贴上封纸？你能够装得若无其事吗——当那个令人惊骇的巨物装进心灵的瓷瓶之后，你能够获得真正的安稳么？

酒是人类古老的、寻求精神解脱的产物。它是以物质的精华诱发精神的灵物的一把钥匙。它还是医治人间一切苦闷精神病状的一杯无效的、常服的苦药。它总是以欢乐开始以哭泣告终。

有一个悖论是令人奇怪的，那就是：我们这个古老的、近百年来衰落、饥饿，被人讥讽为“东亚病夫”的民族，所酿制的酒却是最烈的。我们的胃就这样在烈酒的燃烧、刺激下痉挛，妄图一夜之间呕吐尽全部传统，早晨醒来变成一个崭新的人……在醉眼蒙眬中，我们看到一个顶天立地的巨大的自己，但是那个幻象不经召唤就重又回到了瓶子里，杨柳岸，依然只是晓风残月。

酒啊！你这骗子！

在酒的瓮边，经常站着的是两种人：名士和酒徒。而这两类人其实是难以明确划分的，名士是有名的酒徒，酒徒是无名的名士，他们是肃立于酒瓮边上的文武大臣，也是歪倒酒旗之下的烈士祭品，酒是他们的帝王。

自古圣贤皆寂寞，惟有饮者留其名。这是何等透彻！世界上恐怕没有第二个像李白这样借着诗和酒的翅膀在精神的太空里恣意飞行的人了，他是一个奇迹，一个超越时空的天才！当你读到"举杯邀明月，对影成三人"这样的句子，你不能不相信他那双奇异的醉眼在千年以前的某一个夜晚，其实是真真切切地望见了一个外星人也没准儿！

另外，还有一位名叫辛弃疾的中国十二世纪诗人的醉态也是不朽的，"风动疑是松来扶，以手推松曰：'去！'"这位在十二世纪的某一天喝醉了酒的卸甲将军，浑然达到与万物相通的境地，他的醉态鲜活生动，微雕一般的刻画栩栩传神，像留在化石上的鱼尾戛然而止时的一翘……直至二十世纪乃至三十世纪，人们仍然可以清晰地听见他的那种颐指气使的、招呼僮仆的呼叫声——"杯，汝来前。"

酒是灵魂的锋快无比的剃须刀，它割断的是心里逐年增长的杂乱无章的荒草，剃除清理的是日积月累的情绪中的积垢乱髭。它还你一个轻快，让你在内心里来一次删繁就简、领异标新！

酒是心灵的洗澡！

饮酒和人生一样，有着至少三个阶段。

第一个阶段为“豪侠饮”，此为模仿。“少年不识愁滋味，为赋新诗强说愁。”此类饮者，逞强斗勇，划拳猜令，大声喧哗，惟恐左右人不知我在喝酒也，是为不知酒味之徒。

第二阶段为“富贵饮”，此为夸耀。饮必高楼名馆，杯则夜光金盏；中国名茅台，外国人头马；玉盘珍馐，中西合璧，不伦不类，西装布履。酒为何物，其实不知。

第三阶段为“吝啬饮”，这才是酒知己。这类人为数寥寥，布衣芒鞋，或立于柜前不须菜食默然独举一瓶，中间反复观察再三，不得已，一倾而尽，抹抹嘴，稳步踱去；或饮酒三餐如饭，闭门独啜，惟恐人来，长年抱渴，咽如焦釜，家中酒有数，腹底量无涯。这种人，文有孔乙己，抱残守缺，用手挪也要挪到酒香处去，其坚贞不移，可怜可敬。武则有豹子头，风雪夜归人，枪挑酒葫芦，漫天飞雪，一心如火。

饮到这第三种地步，才算懂酒。饮到酒的这样一番深度，才算懂得生活。这类人的心里，哪个不是压抑着千般不幸、万种凄凉？哪个不是心藏着浇不熄的怒火、熬煎着煮不干的泪水？

酒啊，一杯杯、一盏盏，尽是酸辛泪！

喝着的，饮着的，啜着的；微皱眉峰的、猛闭双目的、龇牙咧嘴的；哪一个不是勾扯出对于酸辛困顿的记忆？又有谁不是翻腾起对于屈辱遭遇的咀嚼？酒的力量总是从心灵水潭的深处挖掘并泛起苦痛的沉渣、悲辛的淤泥，它总是让醉酒者露出平时被理智掩藏得很难被人发现的表情，酒的力量从来就摧毁彬彬有礼的言词、虚假浮泛的微笑，它总是放弃平静的湖面，直掘向人性的深处！

在酒力的撞击下“失态”，其实正是凭借了酒的力量恢复了本性、摆脱了为维系世俗关系而做出的常态。

一个从来没醉过的人，不懂得什么叫心灵的彻底解放！一个从未大醉过的一生谨慎的小公务员，不理解胸胆开张、硬语盘空这样的瞬间能给人的躯体注入怎样的生命活力！

酒使一个聪明绝顶的家伙露出傻相了，他坐在角落里傻笑，脸上挂着痴呆儿的表情。他需要傻一傻，他也有傻的一面。他之所以被认为聪明，是因为他平时格外注意把傻的一面藏好。

酒使一个刚强铁硬的好汉哇哇痛哭了，他用双手握住脸，泪水从指缝中迸溅出来，他哭得像个没人认领的孩子，可怜无助。这就对了，英雄，剥掉你的那些厚重的铠甲，你其实是一个嫩弱的孩子。没有什么“英雄”，所谓英雄是一种姿态或处境。

酒当然也使一个儒雅君子突然露出狞厉的表情，他满口粗话，破口大骂。谁也没有惹他，他其实志得意满，他内心的久遭压抑的东西叛变了他，魔鬼升起来了，使所有的人惊骇。

呕吐、晕眩、兴奋、疯狂……

语言像黄泛区的洪水一样宣泄出来。

思维碰撞，在混乱中闪射出蓝光！

精神的平衡被打乱了，重新颠倒错位。

记忆中断——那是一段没有录上图像的空带。

酒就是这样摧毁了我们精心搭起来的积木建筑，我们的“文明”是多么不堪一击啊！它是脆弱的，但是我们的现实生存恰恰就是靠它来维系的。

请原谅一个醉者的失礼，因为他醉了。他不醉的时候其实是和你们一样的，微笑，甜言蜜语，绝对合乎尺寸的高帽子，

握手，说“再见”，还有一点调剂气氛的小小的幽默感……他不醉的时候是一个绅士。但是，醉汉是危险的，他的危险不仅来自手舞足蹈和胡说八道，更来自一种精神束缚解脱者的引诱和他对现状的藐视，这是一种更可怕的精神上的危险！这时候，你立即就会领会一些发达国家新颁布的禁酒令，是一种何等管理层次上的高明！

恰恰也是这时候，你忽然懂得为什么有人吸毒了。

举起这魔瓶，让我们对着明亮的阳光重新审视它、观察它、研究它，看看那里面装的究竟是什么？

清纯的液体，透明、单纯，若是晃动，便从瓶底迅速升浮起一群美丽的气泡儿，宛如一泓清泉的明澈和活泼……它看起来是多么无害啊。

它是精灵，也是魔鬼。

醉

◎巴金

“我没有醉,我没有醉!”你只管摇着头这样否认,但是你的脸、你的眼睛、你的话语、你的举动无一样不告诉我们:你是醉了。

有的人醉后伤心哭泣,有的人酒后胡言乱语。我醉了时便捧着沉重的头,说不出一句话。你呢?

你永远是你那个老样子:你对我们披肝沥胆地讲个不停。的确你在挖你的心,像一个友人所说的。

酒使你改变了许多。你平时被朋友们称作“沉默寡言的人”。

我们都说你醉,你自己说没有醉。其实你酒后不是比不醉时更坦白、更真诚、更清楚么?酒后的你不是更能够表现你那优美的性格么?

沉默容易使人跟朋友疏远。热烈的叙说和自白则使人们互相接近。热情是有吸力的,酒点燃了你的热情,你的热情又温暖了我们的心。

酒从没有乱过你的本性,也没有麻痹过你的神经。酒却像一阵光常常照亮你全个身子、全个性格。你的醉不是头脑昏钝,却是精神昂扬。

在这里,暮夏的雨夜已使人感到凉意了。我很想看看你

那醉脸,听听你那火热的话呢!

8 月 2 日

醉酒

◎黄裳

高力士在沉香亭畔看着宫女们在调排案几，安置盆花，准备酒果、宫烛，跑前跑后，指指点点，不停地挥动着手中的牙柄麈尾。虽然刚交初夏，额头竟自沁出了细细一层汗珠。

当时正是大唐的极盛时期，天下太平，域内丰足，边境安谧，明皇几乎把全部精力都花在女宠游乐上面。唐宫里正是朝朝宴乐，夜夜元宵，一片鲜花着锦的繁华景象。好像人间的快乐已经再也装载不下，要漫过高高的宫墙，涨溢到外面来了。但高力士心头却没来由地浮上了一层细微的不安，好似太液池头传来了阵阵隐约雷声，不知道是否会带来一阵雷雨。

明皇几乎有半月光景没有和杨玉环在一起饮宴了。当然谁都知道那原因，但谁也不肯说。今天贵妃吩咐备酒时的神态，语气也有点古怪。为什么不在殿里而偏偏选上这沉香亭？高力士不喜欢这地方，他在这里出过丑，可是他没有猜到，这正是杨玉环选上这地方的原因。她是想借这里的名花、台榭唤醒明皇对往事的回忆，记起他们曾在这里度过的好时光，记起李白写的《清平调》，记起明皇自己说过"赏名花，对妃子"的话……这个小女人在当前小小的尖锐斗争中的确费了心机，不过到底还拿不准有几分把握。

杨贵妃穿上了盛装，由宫女们簇拥而来，脸上一片喜悦的

晴光,可是没有谁理会这中间也出现过偶然一闪的阴影。她带着矜持的微笑看花,路过玉石桥时看水里的金鱼和懒懒偎依在一起的鸳鸯,好像这一切都非常新鲜。她缓缓地来到御案前就座,瞥了一眼身边空着的并排的另一副宝座。她在心里叮嘱自己要沉住气,宫女们捧着分内的执事,高力士、裴力士眼睛看着地面,按仪注一一站在各自的位置上。好长啊,这等候圣驾来临的时刻。

那是昨天,杨玉环退朝时在宫里迎候皇帝,抽空在玄宗耳边提出今晚在沉香亭夜宴。玄宗脸上漾着笑,静静地听着。近来玄宗脸上新添的这种捉摸不定的神色,给她带来很大的苦恼。她好像失去了什么,再也拿不住他了。她明白引起这种变化的原因,她想通过主动的努力,重新扇起玄宗心头日趋衰颓的情热。这是一个冒险的试验,就看他来不来了。

当知道玄宗今晚终于不会到来,御驾是向梅妃居住的西宫转去时,杨玉环失去了最后的矜持。她下令,“待娘娘自饮几杯”。她要报复,她不再想在奴才面前挽回失尽的面子,她需要的是失去更多的面子,这面子、尊严并非只属于自己,似乎也不应由她单方面加以维持了。

虽然并排的一双宝座上只孤单地坐着一位娘娘,太监和宫女们还是恪守着惯例一巡巡地上来敬酒。酒也有种种名色,如龙凤酒,这是因皇帝和贵妃同饮得名的,现在却只能由她自己独饮;通宵酒,是要彻夜长饮的,但对手又在哪里呢?杨玉环起先还用手中的扇子遮住酒盏送到唇边;随后就丢开了扇子,学男子那样的轰饮;到后来索性从高力士手中抢过酒杯,灌下喉咙。她酒后燥热,站起来打算脱下身上的凤衣,就在欠身时双腿发软,几乎站立不稳。她一手扶着案边,向赶来搀扶的宫女轻轻摇头微笑，为自己的不胜酒力解嘲。

脱下凤衣、换上宫装的杨玉环，蓦地看见阶前盛开的盆花，她想去嗅花。她得俯下身子才能亲近那艳丽的花朵，太监宫女们担心地看她摇摇地蹲下身子，不敢劝阻，不敢搀扶，看她像走出梦境似的眯着迷离的双眼，知道她确是醉了。

可是她依旧唤人再斟上酒来。

太监和宫女们跪在地上用金盘捧上了酒盏。杨玉环就像嗅花似的俯身在盏中啜饮，还衔杯仰身不留下一点余沥。她终于沉沉地醉了。

杨玉环倚着亭槛昏昏地入梦了。

只不过是旧年的春天，依旧是这沉香亭畔。今天她却只能在梦里追回那阵阵欢笑、新谱成的《清平调》歌声和李三郎饧着眼的醉态了。李三郎，这玄宗的小名，只在两种情况下她才能使用，才敢使用。一种是她爱极了的时候，还有就是恨极了的时候。她记起在寿王邸里，就是被饧着眼的李三郎第一次看中，接下去就来了那一连串抹不掉的欢笑的日子。今天她是第一次感到一切都是那么脆弱，不可靠，她在梦里也还是流下了眼泪。接着袭来的则是恐惧，既然宠爱是可以转换的，不长久的，那么还有随同宠爱俱来的一切呢？

梦中的时光像箭一样快，梦里的关山也是能举足飞越的；人世间的忧乐荣辱在梦境中的转换也特别来得快。杨玉环像跨上了一匹无缰的野马，一下子就跑到了深渊的崖角。正当她要喊出声来时，高力士们已经跪在面前轻轻地撼着她的双膝，一面嗫嚅着报道："圣驾来了！"

酒一下子醒了一半，精神也陡长了。她很快地站起来，宫女们一下子来到身边，怕她站不稳。她们踉跄地一起下了亭

子，来到花径旁边，照规矩跪下，伏在地上。杨玉环不敢相信这一切是真的，不是梦。她埋头在宫装的长袖里，长久地俯伏着，抱着满脸的惭愧与畏惧，不敢抬头去看那可能已站在面前的李三郎。

杨玉环就这样在地上伏了很久。

等她知道这一切全是骗局，是高力士们为了把她从沉醉中唤醒想出的骗局时，她嗒然了。她呆呆地望着跪在面前谢罪的一群太监和宫女，这些算不得人的人们，忽地感到了难以支持的疲倦，酒涌上来，身子软瘫了。她给宫女们架着，也许是抬着拖着，一步步挨回了寝宫。

这时夜已将半。在静悄的后宫里，从西苑传来的箫鼓歌声格外清亮。这不是《霓裳羽衣曲》，准是新填成按谱的歌子。杨玉环在沉醉中自然没有注意，但落入高力士耳中时，不禁也引起了一点轻微的愤慨。

醉福

◎忆明珠

人生难得一醉，醉而难得一哭。据说："英雄有泪不轻弹"，又道是："革命流血不流泪"，这当然令人激扬奋发。然而大丈夫倚天仗剑，酒浇块垒，泪洒山河，不也够得上当行本色的吗？

我大醉了，真所谓"酩酊"大醉了。我好饮，实不善饮，往往"饮少辄醉"。但像这样的大醉，并不经常发生。这一回，"有朋自远方来"。几年前结的一位朋友——一位老剧作家，不知为何发了豪兴，从他的家乡来这座滨江的小城看望我。我有点受宠若惊。少不了备了点薄酒野味，为客洗尘。平生屡为阶下囚，偶充座上主，已经飘飘然若有凌云之气，情不自禁，一杯复一杯地向客人劝酒不止。结果，客人朱颜未酡，我自己却落得不推自倒了。

我被同饮诸君从八仙桌肚下拖起，扶到一张床上，又七手八脚地给我脱鞋子，拉被子，垫枕头。"他哭了！"有谁尖声喊起来。我知道，我哭了。因为我觉出一股热泪从眼角涌出，如堵不住的泉水，在脸颊上纵横奔流，颇有点淋漓尽致呢！人们开始讨论怎样为我解酒。有的说用冷手巾捂头；有的说沏上一杯酽酽的苦茶；有的说快到厨房拿醋，灌上半瓶镇江醋，保证醒转，醋解酒的效果至佳，等等。方案很多，好像只是提出

来供参考选择，并未加以实施。房间内渐趋寂静，不久，却从隔壁传来忽而“大饼”，忽而“油条”的叫牌声。我的朋友们就地把酒桌当牌桌，打起麻将来了。这种活儿，我们给它取了个代号，叫做“修长城”。

我猛然觉察到，我被遗弃了。刚才还互相举杯共饮的好友们，大概以为我已经醉得人事不知，便像替我治丧装殓似的，马马虎虎应付一番，即把我撇在一旁，跑到隔壁寻欢作乐起来，这还叫什么朋友情谊！我恨不能抡起拳头，把板凳、桌子砸个稀巴烂。但我挪不动手脚，它们好像脱离开我独立出去，成了我的身外之物，漠然地看着我遭受人家欺凌，不作任何表示。这更使我的滚滚热泪一放难收。我怎会如此孤立无援，怎么会沦落到如此可怜的地步呢？我微睁开眼，凄惶地寻望四周，透过模糊的泪水，忽然发现是他——是我的那位远道来访的客人，正独自守在我的床边，暗暗地陪着我流泪呢！他的眼圈红红的，这不完全由于酒的刺激，至少有一半是因为他不断地擦泪，才把眼睛搓揉成这个样子。我仿佛真正起死回生似的，亲眼见到了我死后的情景。平日亲近的人全不见踪影，倒是一位远客不巧遇上我的死，却成了唯一的守灵者。他的年龄比我大得多，他完全是以长者的仁心垂怜于我这个孤苦伶仃的亡魂啊！这时我再也不能只默默流泪，便尽情地放开悲声号啕大哭了，客人也抱住我的头痛哭不已。隔壁牌桌的朋友闻声涌来，他们肯定以为发生了什么不测之祸。我无心理睬他们了，当他们乱糟糟慌成一团的时候，我陡觉万分疲惫，浑身血管里的血好像全已淌尽，头脑轰的一声，整个身躯像一片枯叶，轻盈而无可挽回地跌落向黑沉沉的虚空里去——那是睡的王国，又叫黑甜乡。可惜我一点也不曾领略它的黑与甜，便睡了过去。

等我一觉醒来，已是第二天的日上三竿。客人来去匆匆，等不及跟我告别，已乘船离去。朋友们虽常与我共饮，在这之前，还并未注意到我有醉哭的毛病。一是我努力控制自己少醉，更避免大醉，再者我的醉哭；一般不哭出声，装作睡的样子，脸向暗处，有多少泪都流得了，谁也不会觉得有什么异常。所以朋友们像报告新闻般把我昨日的醉态，绘声绘色地又详尽地描述了一番。他们还透露，那位剧作家行前再三叮嘱要留心观察我醒后的情况。因为他认为我的醉哭，必定有着什么伤心事，而伤心事无不发生在男女之间。他臆测我当初可能有位女友，类似潇湘妃子式的人物，也葬过花，也焚过稿，最后她自己也像花一样地被葬了，也像诗稿一样地被焚了。这种事，谁逢上都伤心，所以我的那位客人，表示对我的醉哭能够充分理解。朋友们还说他虽也醉醺醺的，但绝非逢场作戏，他是一片真情地陪我同哭。直至我睡熟多时，他才噙着泪水，离开我的床边。

我哈哈大笑，大笑不止。笑过一阵，觉得实在有趣，又复大笑。朋友们大为惊诧："你怎么了？"——怎么了，我哪里会那么浪漫蒂克！我的醉哭，一向与女人无关。醉了就哭，什么都不为，只觉得哭哭舒服，就非得舒服一下不可。流上一通眼泪，窝藏在肚子里的什么东西好像全跟泪水走了，心境会像水晶般的透明、空灵。这样就可以睡个好觉。一觉醒来，揉揉眼，伸伸腰，江山如旧，我也依然故我，好像什么事情都不曾发生。那么，这一次的醉哭，为什么会哭得这般伤心，一点来由都没有吗？也许有一点。当大伙拖我到床上的时候，我很有点紧张，莫非要拖我到法场？这好不堪设想。不论什么场，我

都厌恶透了。甚至包括官场,甚至包括情场。然而纯属偶然,这当儿不知怎的,我忽然想起了《千字文》开头的几句:“天地玄黄,宇宙洪荒……”难道我便是这玄黄、洪荒之中的一粒微尘吗?否则我怎会这般软弱无力而任人摆布?于是一阵苍凉之感掠过心头,便不禁流下泪来。而后,又以为自己真的被遗弃,才大哭;这时大概也真的大醉了。总之,跟我的客人所臆测者,相差甚远。

但,我对这位软心肠的朋友,并无丝毫讥笑的意思。只因他的臆测太有趣,才令人忍俊不止的。这带有我欣赏的成分,并流露了我心理上的满足和骄傲。试想想这个道理吧——人生难得一醉,醉而难得一哭。我于这两个难得而外,又获得了一个难得的同哭者。更难得的是他哭得比我更真、更伤心。我既拥有这许多难得,那么,我应是荣耀的,好运的,有幸的。所以,我有福了!这是一个饮者、醉者的难得之福——醉哭变成了醉福!

从这次分手,我跟这位剧作家再未有机会相聚。偶有短札往来,也是简短问候,语焉不详。以后,听说他写了一个爱情轻松喜剧,演出效果甚好,却逢上了抓阶级斗争,我知道他因此一剧将不甚轻松了。再以后,听说他嗜酒愈甚,他房间里从桌肚底到书架顶,都堆满了大大小小的酒瓶;我又知道,这些酒瓶对于摧毁他的生命堡垒都会发生手雷和炸药包般的威力。最后的信息是听说他隐退了。直至一九七〇年或一九八〇年,忽然接到从某地寄来的一纸讣告:他去世了!按讣告上所写的召开追悼会的日期,已过去三个多月了。

人是怕听到噩耗的。然而这一次,我不能不埋怨这噩耗的到达被延搁得太久太久了。我这远方朋友的亡灵之前,怎可少我一个吊唁者呢？此君而后，尚有何人情愿陪我同醉同哭！

其实，我早已跟醉告别了。“文革”十年，焉敢醉！那将给妻子儿女招致更大的不幸。因为那时我若醉了，怕未必仅仅醉哭一场，倒可能演一出“击鼓骂曹”的。及至“四人帮”垮台，该好好大醉大哭一场了，因长期戒酒我已想不到还有酒这回事。如同嘴巴被多年贴上封条以致丧失了说话的本能。唤起我大醉大哭一场的欲望，只是在接到我那位剧作家朋友去世噩耗的时候。然而此君已矣，复何言哉！

“文革”而后，又一个十年过去了。这其间，我看过不少武打片，深受教育。因此我才得知在我们号称国粹的武库里，还有那种叫做“醉拳”和“醉棍”的绝招。然而这又使我不寒而栗。即使今天不乏情愿陪我同醉同哭者，我又何从鉴别他们确为醉翁而非拳林高手？若冷不防给我一顿“醉拳”或“醉棍”，可怎吃得消啊！

于是，现在我情愿丢掉我应享有的那份“醉福”了！

1987年10月4日夜南京上乘庵

做鬼亦陶然

◎陆文夫

汪曾祺的逝世对我是一个打击，据说他的死和饮酒有点关系，因而他就成了我的前车之鉴，成了我的警钟："别喝了，你想想汪曾祺！"

可我一想起汪曾祺就出现了许多美好的回忆，回想起我们几个老酒友共饮时的情景，那真是妙不可言。

喝酒总是要有个借口，接风、送别、庆祝、婚丧喜庆、借酒浇愁……我和高晓声、叶至诚、林斤澜、汪曾祺等几个人坐在一起饮酒时，什么也不为，就是要喝酒。无愁可浇，无喜可庆，也没有什么既定的话要说；从不谈论文章，更无要事相托，谈的多是些什么种菜、采茶、捕鱼、摸虾、烧饭……东一榔头西一棒，随便提及，没头没尾。汪曾祺听不懂高晓声的常州话，我也听不大懂林斤澜的浙江音，这都不打紧，因为弄到后来谁也听不清谁讲了些什么，也不想去弄懂谁讲了些什么。没有干杯，从不劝酒，酒瓶放在桌子上，想喝就喝；不想用酒来联络感情，更不想乘酒酣耳热之际得到什么许诺，没有什么目的，只求一种境界：云里雾里，陶然忘机。陶然忘机乃是一种舒畅、快乐，怡然自得，忘却尘俗的境界，在生活里扑腾的人能有此种片刻的享受，那是多么的美妙而又难能可贵！

说起来也很奇怪，喝酒的人死了都被认为是饮酒过多，即使已经戒酒多年，也被认为是过去多喝了点酒。其实，不喝酒的人也要死，我还没有见到哪个国家有过统计，说喝酒人的死亡率要比不喝酒的人高些。相反，最近到处转载了一条消息，说是爱喝葡萄酒的法国人，死于心血管病的人倒比不爱喝葡萄酒的美国人低。我不相信喝酒有什么坏处，也不相信喝酒对身体有什么好处，主要是看你怎么喝，喝什么？喝得陶然忘机是一种享受，喝得烂醉如泥是一种痛苦；喝优质酒舒畅，喝劣质酒头疼，喝假酒送命。

如果不喝假酒，不喝劣酒，不酗酒，那么，酒和死就没有太多的联系，相反，酒和生，和生活的丰富多彩倒是不可分割的。纵观上下五千年，那酒造成了多少历史的转折，造成了多少千秋佳话，壮怀激烈！文学岂能无酒？如果把唐诗三百首拿来，见“酒”就删，试问还有几首是可以存在的。《红楼梦》中如果不写各式各样的酒宴，那书就没法读下去。李白是个伟大的诗人，可是他的诗名还不如他的酒名。尊他为“诗圣”的人，不如尊他为“酒仙”的人多。早年间乡村酒店门前都有“太白遗风”几个字，有的是写在墙上，有的是挑起幌子，尽管那开酒店的老板并不识字。李白有自知之明，他生前就已经知道了这一点，但他并不恼怒，不认为这是对他文学成就的否定，反而有点洋洋得意，还在诗中写道：“自古圣贤皆寂寞，惟有饮者留其名。”

饮者留具名中也有一点不那么好听的名声，说起来某人是喝酒喝死了的。汪曾祺也逃不脱这一点，有人说他是某次躬逢盛宴，饮酒稍多引发痼疾而亡，有人说不对，某次盛宴他没有多喝。其实，多喝少喝都不是主要的，除非是汪曾祺能活百岁，要不然的话，他的死总是和酒有关系。岂止汪曾祺，酒

仙之如李白，人家也要说他是喝酒喝死了的。不过，那说法倒也颇有诗意，说是李白舟中夜饮，见明月当空，月映水中，李白举杯邀天上的明月共饮，天上的明月不应；水中的月儿却因风而动，笑脸相迎，李白大喜，举杯纵身入水，一去不回。

我想，当李白纵身入水时，可能还哼了两声："醉饮江中月，做鬼亦陶然。"

壶边天下

◎高晓声

我们常常在“吃饭”后面加上一个“难”字，在“喝酒”前面加上一个“学”字。

吃饭难，学喝酒。

难的吃饭不去学，却去学喝那不说它难的酒，真是胡诌。

奇怪的是，难吃的饭不学倒都会吃，而且吃得十分地精。一旦没有了粮食，那就连树皮草根、观音土、健康粉、瓜菜大杂烩都能当做饭来吃，几乎能集天下之大成而吃之。至于那不难喝的酒，原是经不起大家去学的，就像软面团经不起大家压一样，会压出多种形状来，学出各种结果来。一般来说，经过一段时间锻炼以后，多少总能喝几杯了，但多到什么程度？少到什么程度？杯子大到什么程度，小到什么程度，差别很大，而且层次很多。就像现在中国人的生活水平一样。还有两种人像两个极端，一种人总是学不会，工夫花得再深些也白搭，老是眼泪大一滴酒便脸红耳赤，只得直认蠢材不讳。另一种人根本就没学，一试便发现自己是海量，乃是天生的英才。我还发现老天爷偏心眼，竟把这一类才能全批给了女人，男人则难得，或是被别的气质掩盖了也不定。女人则表现突出，她跟那些好汉们坐在一桌，悄然敛容，除菜肴外，滴酒不尝。好汉们原也不曾把她放在眼里，总以为弱女子不胜酒，任她自便。

后来喝得高兴了，热闹了，偶尔发现她冷冷落落，满杯的酒还没有动过，就举杯邀她也喝一点。她呢，也许是出于礼貌，也许觉得不喝浪费掉可惜，只得略表谦逊，便含笑喝了那杯酒。却是一口、两口便喝光了。这可引起了大家的惊异。有人以为她没有喝过酒，错把它当开水喝了。而她竟脸不变色心不跳。于是一致看出她有量。正在兴头上的好汉们便不再可怜她纤弱，反如盯住了猎物不肯放过，一只又一只手捏着酒杯像打架般戳到她面前硬要干、干、干。她倒往往会打个招呼说："我喝酒是没啥意思的。"可惜别人没有听懂，误会为"喝酒没啥意思"。认为说这种败兴的话还该多罚一杯。其实她说的没意思，是因为她喝酒像喝白开水一样，没有什么反应。

只此一点误解，好汉们便大错铸成。他们同喝"白开水"的人较量开了，最后一个个如狗熊般趴下来，醉倒在石榴裙下。

我忘了自己是在什么时候养成喝慢酒的习惯的，大概总在感到生活太无聊，有太多的时间无可排遣吧。到了这地步我当然被磨平了棱角，使酒也不会任气了。因此心平气和在酒桌一角看过不少好戏。还得出一条经验，常常告诫朋友们说："切勿和女士斗酒！"

"为什么？"

"女将上阵，必有'妖法'！"

在同行中，很有些人知道我这句"名言"。

同这样的女士喝酒会肃然起敬和索然无味，就像健美的女将让你欣赏她浑身钢铁般的肌肉一样。

所以我倒是喜欢和普通的(即酒精对她同我一样能起作用)女士在一起喝。她们喝了点酒，会像花朵刚被水喷浇过那般新鲜,甚至像昙花开放时一忽儿一副样子。千姿百态中包孕了一整个世界。

“酒是色媒人”,这句话的解释因人而异。事实上,世界上绝大多数的人,几杯酒下肚以后,并不就会去干那西门庆和潘金莲的勾当。倒是女士们因酒的媒介呈现出来的美丽(常常是无与伦比的艺术创造),这才合那句话的本意。

记得有一次在某地作客,主人夫妇俩来后,我们能喝点儿的一桌相陪。主人先告罪,他不能喝。这就点明是女将出台了。我就静观大家交替同她碰杯。她年轻,亦显得有豪气。我起初以为酒精对她不起作用。看了一阵之后,发觉她并不是喝的“白井水”。她的脸越来越红润娇艳了,眉眼变得水灵又花俏……我看她正到好处,再喝就把美破坏了。正想劝阻,恰是心有灵犀一点通,桌面上已是静了下来,大家文雅地坐着,对女主人微微笑。真是满座无恶客,和谐极了。女主人也马上感到了大家的善意,快活得一脸的光彩,把灯光都盖过了。

我总说,美是一种创造,而酒能帮助我们创造美。

爱美是人的天性,因此美总是受到称赞、尊重和保护。当然也有“莫待无花空折枝”的恶少,那同酒并没有什么关系。

老天爷没有把饮酒的天才赋给我,因为我是一个男的。

那么我是什么时候开始学喝酒的呢?

如果把酒作为触媒剂联系自己的过去,那会引发出许多五光十色的回忆。我想这不光是我,许许多多的人都是这样。酒如水银泻地,在生活中无孔不入。它岂止是“色媒人”,甚至是“一切的媒人”呢。

我学喝酒比别人还难一些,我是偷着学的。按老辈的看

法，偷着学比冠冕堂皇学效果好得多，说明学习的人有很迫切的上进心。就像饿慌了的人迫切要找点食物填肚皮一样。所以总说偷来的拳头最厉害。可见偷了酒学喝，定然成就超群。

那时候我还是个火头军，母亲做菜时，就派我去灶下烧火，灶角上坐着一把锡壶，盛的是老黄酒。烧荤腥时，用它做料。每次只用掉一点儿，所以那壶里经常剩得有许多酒。我烧火的时候只要一伸手就能拿到。假使我喝红了脸，完全可以说是被灶火烤红的，我何乐而不品尝这“禁果”！不久我母亲就怀疑壶漏了。后来才发现是漏进我嘴里去的。她就骂我：“好的不学，专拣坏的学，一点点(北方话叫一丁点儿)的人倒喝酒了！”骂过以后，我就不怕了。因为她没有打我。喝酒毕竟是极普通的事，我们这儿，秋收以后，十有九家都做几斗糯米的酒，里边不知出了多少酒鬼，天也没有塌下来。小孩子早点学会了，未见得不算出息。不过我家因父亲在外地做事，平常无人喝酒，是九家以外的一家。料酒也难得用到，锅子里不是能常烧荤腥的。所以靠那壶也培养不出英才来。我叔父家年年做酒，那只酒缸很大，就放在我们两家的公厅墙角里。叔叔每年做五斗米酒，半缸都不到。往年我只对做酒的那天有兴趣，因为糯米蒸饭很好吃。如今就对那酒缸有兴趣了。可是舀一碗酒也不容易，我脚下得垫一张板凳，用力掀开沉重的缸盖，把上半个身子都伸到缸里去才得到。有一次我这样做的时候，被叔叔碰到。他连连喊着“哎呀、哎呀、哎呀……”一把将我按在缸沿上，掀开缸盖拉我出来。我以为他要打我了。谁知他倒吓白了脸，半晌才回过气来说：“小爷爷，你要酒叫叔叔舀就是了。你怎么够得到！跌进酒缸去没人看见淹死了怎得了！”

难道我还那么小？叔叔总有点夸张吧！

不过那时候我实在并不懂得酒。现在回想起来，酒给我那些乡亲们的影响真够惊心动魄。他们水里来、雨里去，穿着湿透了的衣衫在田里甚至河里熬得嘴唇发紫脸雪白，好容易熬到回家，进了门高喊一声“酒”便心也暖了，气也顺了。

有些事我至今都不能理解，一位年富力强的乡亲，虽是农民，却有点文化，若论家中情况，也是“十亩三间，天下难拣”，平时好酒，亦有雅量。可是有一天中午同几位乡亲在一起喝了些，忽然拔脚就走。认准门外七八丈远一个粪池，就像跳水运动员那样一纵身，头朝下，脚朝上迅速鱼跃而下。幸亏抢救得快，现在我还非常清楚那时候他像只死猪躺在地上被一桶桶清水冲洗的情景。不管怎么说，就算他喝醉了吧，就算他想寻死吧，就算他平时想死没有勇气，是靠了酒才敢做出来吧，可是为什么要选择这样的死法呢？这实在太荒唐，古今中外，自寻短见的人何止千万，死法集锦当亦蔚然可观。但自投粪池，倒还是前不见古人，后不见来者的。酒能使人兴奋，思维因此更加活泼而敏捷，如果因而就发展到粪池一跳，则令人瞠目结舌，啼笑皆非了。幸而未死，免得做臭鬼；不幸而未死，这一跳倒使后来的日子不大好过。他自然不愿再提到它，甚至最好(可惜做不到)不再想到它。乡亲们却是通情达理的，况且这一跳虽丑，也不曾害别人，何必同他过不去呢。所以，除了当场亲见的之外，材料并没有扩散出去。我们有个传统，不说两种人的坏处，一种人是酒鬼，一种是皇帝。前者是因为喝多了，糊糊涂涂干出来的坏事，便原谅了他。后者是为了避讳，也要想一想后果而忍一忍，还是多吃饭、少开口好(请看这句谚语造得多巧妙，“吃多饭”的“饭”字换了个“酒”字，就忍不

住了）。

不过忍也毕竟不会永久，到后来不就有“隋炀帝艳史”和“清宫秘史”之类的东西问世了吗！

另一位叫人难忘的是我的堂叔，酒神没有任何理由在他身上制造悲剧。因为他非常善良，即使喝醉了也只会笑呵呵说些无关紧要的废话。我不知道他从什么时候养成了这个嗜好，我确信他是酒鬼的时候，他已经不大有喝酒的自由了。据说他从前常常在镇上喝了酒醉倒在回家的途中。乡亲们不懂得要如李太白、史湘云那般推崇和欣赏他，反而以酒鬼之名赠之，真是虎落平阳，龙困沙滩，没有办法。尤其是他那位贤妻也就是我的婶娘对此深为厌恶，到年底镇上各酒店来收账时便同丈夫拚死拚活不肯还债，弄得我堂叔无可奈何只得躲开，让债主听他夫人哭命苦，哭她嫁了个败家精男人没有日子过。一直闹到大年夜烧了路头，讨债的不能再讨下去，才结束了这苦难的一幕。村上人大半都称赞我婶娘守得住家业，管得住丈夫，全不想想我堂叔欠债不还，失去信用，弄得大家瞧不起他，里外都不能做人。他再要上街去赊酒甚至赊肥皂、毛巾等实用品，店主都朝他笑笑说：“叫你老婆来买。”

他还有什么话说呢！他只得沉默，只得悄然从社会里退出来。起初是想说没有用，后来是有话不想说，一直都无话可说了，沉默便像海一样无底，以至于使得别人都习惯了不同他说话。只有等到秋谷登场，家里做了一点酒，他偶然有机会多喝了几杯之后，脸上才有一点笑意，嘴里才有一点声音。这有多么难得和多么可悲呀！

难道这性格能说是酒铸成的吗！

当然，堂叔的经验别人是难以接受的。我们总不能为了喝得痛快把老婆打倒在地，再踩上一只脚。叫她永世不得翻身吧！

我自己后来有所收敛，则是另有教训。那是在高中毕了业，没考取大学，在家乡晃荡。有位同学在附近小学里教书，我去看他，他自己不会喝，就邀了个有量的人来陪客。那天晚上，我们两个大约喝了两斤半杜烧酒，睡到床上就不好受了，胸口如一团烈火烧，吐出来的气都烫痛舌头和嘴唇，不禁连连呻吟说比死还难过。后来幸而不死竟活下来了，从此便发誓不喝烧酒。

这一誓言，自然为喝别的酒开了方便之门。

那一次的确是喝白酒喝怕了，誓言是一直遵守下去的。但形势的发展常常出人意料，而我们又必须跟上形势才不致成为顽固派，不致变成社会前进的绊脚石。况且即使做顽固派，也总是顽而不固的。黄酒白酒毕竟一样含酒精，杀馋的功效白酒又比黄酒大得多，人生总不会一帆风顺，面临逆境大都聪明地不会自杀，一旦碰上“有啥吃啥，无啥等着”的局面，他妈的喝酒还管什么是黄是白呢！喝吧喝吧，本来就不存在原则问题。人活在世界上能那么娇嫩吗，真爱护身体就不应该喝酒，既然喝了还装什么腔，作什么势，趁着还有就赶快买吧，谁保证你明天一定喝得上！

真惭愧，我就是在那个时候破戒的，就事论事，破戒再喝白酒并不算失大节，问题在于这精神上的反复触动我的羞耻心，认为这无异当了叛徒或做了妓女，灰溜溜地连喝了酒也振作不起来。幸而不久就有了转机，原来酒也是粮食做的，自然也随短粮而紧张。吃饭难时，喝酒也不容易了。白酒黄酒，我都难得问津了。我的二姨母住在小镇上，从不尝杯中物。有

一次我去看她,她竟悄悄地拿出一瓶黄酒来,倒一杯叫我喝,挺诚挚地说:“现在买不到别的吃,这酒,也是营养品。”她那音容便像得到了极好的宽慰,使人猛然觉得这苦难的现实仍旧充满了生趣。

“酒是营养品”,姨母的这句话,不但是对我的祝福,也是对所有同好者的祝福。那么就让我们努力去寻觅吧,我们付出了代价,总会有所得。常州天宁寺生产一种药酒,从前叫毛房药酒,不知名出何由,为啥不叫别的,偏叫毛房,什么意思也没有说清楚。现在不可以再含糊下去了,否则就是对劳动人民不负责,所以改称“强身酒”。这就同我姨母说的“营养品”庶几近乎哉。常规喝这号酒,早晚两次,每次一小盅,如今难得买到手,又全靠它营养,自然就要多喝些。于是便有人出鼻血,偶然也有牺牲的,可惜当时悲壮的事情太多,喝死了也许有些学不会的人还羡慕呢,况且死者未见得单喝一种酒,用工业酒精羼了水,难道别人喝过他就能熬住不喝,不过也不能就说羼水的工业酒精不能喝,喝死了他还并没有喝死你们呢。我坦白交代,我在我姨母精神的鼓舞下也喝过,我不是也活过来了吗!所以,我是个活见证,证明前年吴县那个酒厂的生产经验是有前科的,不同的是从前的人耐得苦难,经受得住考验。现在呢,吴县那个酒厂难得生产一批那种酒,竟闹出了好些人命和瞎了好些双眼睛。哎呀,离革命要达到的目标还远得很,现在还只是社会主义初级阶段,怎么大家就变得这样娇嫩了呢?

毕竟还是不喝酒好,免得误喝了这种要命的东西。

这是局外人的高调,愿喝的照喝不误。其中有些人是看透了,知道要命的东西并不光在酒里边,原是防不胜防的。而另一些人则永远不会喝上这要命东西的,他们的存在,是使过去市场上看不见名牌酒的重要原因。

吴县那个酒厂主要生产那种要命的东西,是要别人的命,自己绝不喝。他要喝就会喝名牌酒,用要了别人命的钱去买。

在当前的高消费中,类似上述情形的,我不知道究竟占了多少百分比。

想到这里,不禁愤愤。

愤愤又奈何?总不致因此就禁酒吧!

何以解忧?黄酒一杯……在烟酒价格大开放、大涨价的今天,常州黄酒从四角四分涨到五角一斤,是上升幅度最小而且是全国最便宜的酒类,我一向乐此不倦,所以倒占了便宜,如今还能开怀痛饮。却怕这样的日子不能长久过下去,一则今年许多地方的水势,也像物价一样猛涨,淹了不少庄稼。二则人们想发财的大潮,也如黄河之水,从天上奔腾而下,淹没了一切,农肥农药都卖了高价,而且还发现不少是假的。黄酒要用大米做,看今年的光景,真怕又要把酒当营养品了。

从报上看到,有些地方政府查到假农肥农药后,也责令奸商(这两个字报上还不肯使用,是在下篡改的)赔偿损失。如何赔法没有说,所以我左思右想也想不出个公平的赔法来。如果仅仅是把钱还给买主,那么我对今后吃饭和喝酒都不便乐观了。

所以吃饭难时,千万不要再去学喝酒。学会了想喝,已经没有啦。

不过先富起来了的人倒不必愁,杜酒没有了还有洋酒呢。从前我以为港澳同胞带进来送礼的人头马、白腊克威士忌、金奖马得利是最好的洋酒了。今年去美国待了半年,在许多教授家里都难得看到这种酒,他们平时喝的差远了,因此更肯定

了原先的想法。回国时经过香港，在机场第一次看到“XO”每瓶港元四百到一千不等，触目惊心，不知道一小瓶酒为什么那样贵？究竟好在什么地方？因又想起“XO”这个牌子的名称。第一次是在纽约听到的，有位夫人告诉我，她在北京时，邀了一位中国作家协会的官员到她驻北京办事的表兄家作客。这位客人点名要喝“XO”。幸亏她表兄还拿得出。可是这位客人倒了一杯，却只喝了一口就不喝了。真是耍了好大的派头。为此这位夫人回到纽约以后还愤愤在念，好像要拿我出气似的。然而她也并没有告诉我“XO”是什么酒，一直到回到祖国以后，才在一张小报上看到。原来我过去认为的好酒，都还是低档货，只有不同价格的“XO”才占了中档和高档。

那就喝“XO”吧。

“XO”，这两个符号连在一起，无论如何都是妙透了，在数学上，“X”是个未知数，“O”是已知数，它们并列在一起，可以看成“X＝O”。如果让它们互相斗争，那么“XO”的写法也可以理解“X”乘“O”，仍旧等于O。

所以“XO”无论如何也等于O。

那是不是意味着，会把我们喝得精光呢？

这又该是杞人忧天吧，只要看纽约夫人形容的中国作协那个官员，就知道外国人看得那么贵重的东西，中国人还不起眼呢！不光能喝，且能糟蹋。“XO”的值，对中国人等于O，对外国人也等于O。那含义就不一定是把我们喝得精光呢！嘿！

酒醉台北

◎从维熙

我的饮酒生涯中，有过三次大醉的记忆。第一次是一九八二年之春，访问澳大利亚归来，刚刚回到国门广州，就忘我地一饮而醉；第二次，是在一九九一年之冬，电视台陪同我回访昔日我所在的一个劳改农场时，大概是由于过多的悲楚的往事，一起涌入我的心扉之故，我醉倒在那块我曾付出过汗水和流过血水的土地上；在台北是我二十年来的第三次醉酒，仔细究其缘由，我之所以酒醉，不外是出于两岸相隔了几十年，手足情浓的感情因素所致。

我喜酒而又善饮，始自五十年代——即使在劳改生活的二十年里，我与酒也没有断了缘分。在大雪纷飞的冬日，几杯劣质的白薯干酒进腹，顿感驿路严寒化为乌有。当时，我内心十分感谢大禹的女儿仪逖，如果没有她造出使堂堂男儿顿生阳刚之气的琼浆玉液来，中华当少了许多铁血男儿。酒是有情物，因而当我同代的许多文友，因身体健康等诸多方面的原因与酒告别时，唯我仍然嗜酒如初。我何尝不知酒精之害，但是“人求其全何其乐”？也许正是我的这种并不附和时尚的行为准则，才使我留下酒醉台北之记录。

那天是一九九八年十月二十八日，是我们抵达台北的第二天，白天的参观已使我感到十分疲累，晚上好客的主人又在

会上频频举杯。我们一行的作家中，善饮的莫言、苏童、余华等，都被分在另一桌进餐，与我同桌的王巨才有糖尿病，而被我们一路上称之为“张小姐”的老弟张炜，又属于那种与酒绝了缘分、严格恪守养生之道的君子文人，这种情况颇使敬酒的友人扫兴。我本来也无意当那匹冲锋的黑马，因为当天晚上还有朋友从新竹开车来看我，但又想到这是两岸文友的第一次相聚的正式晚宴，如此理性地对待主人的敬酒，不仅有失文友聚会的火爆，而且有负中国文人的千年风范。巨才耳闻我有一定的酒量，便催我与之对杯，其实就是巨才不动声色，我也到了无法自我克制的地步——面对那一次次的台湾文友敬酒，来自中国内地的文人似竟无铁血男儿，已然使我感到汗颜，于是我站了起来充当起那匹冲锋的黑马，与台湾的文友们一杯杯地对饮起来。在我的认知里，中国内地的白酒度数最高的也不过三十度左右，与之对上数杯，不会出什么问题，因而在对饮中失去了防范(事后才知当天我们喝的“金门高粱酒”，高六十三度)。加上台北的友人大都善饮，我一下子成了晚宴上对酒碰杯的目标。是出于粗心？是出于激情？也许是两种心绪合而为一的缘故吧，我忘乎所以地贪起杯来。如果我的记忆没有失准的话，好像是南华管理学院文学所的一位同行，提议我与他对饮“深水炸弹”，就是把一杯白酒，沉到台湾产的生啤酒的大杯子里，白酒连同啤酒一块饮下。我已然被酒兴激起，便再无任何一点怯懦之情，一杯杯地与这位朋友对起杯来。晚宴下来，我已喝了足有半斤多白酒，再加上混同白酒一块入腹的啤酒，我开始有了第一次和第二次醉酒的感觉。

我是被同伴搀扶回宾馆的。在回来的路上，恍惚地记起今晚还有朋友要来。待我走回屋子时，从新竹开了一个半小时车，专为来看我的友人林韦伶女士，已然在室外等待我多时。我用头脑中残存的一丝清醒，同友人握手问候，并把她让到我的房间里。可以想象，友人看出我已醉酒，她没有久留，匆匆把她送给我和妻子的礼物交给了我，并询及我的行程中能否在新竹停留，就站起身来向我告辞。我挽留她稍坐一会儿，拼命冷却着我浑浑然的头脑，把我出的一本新书《走向混沌》三部曲回赠了她。当我在书的扉页上签名时，我记得手在哆嗦，可以想象无论是我个人的名字，还是林韦伶的名字，都一定写得歪歪扭扭，如同醉鬼画符一般。之后，我的记忆就消失了……等待第二天早上起来，我才发现我是穿着西装睡在床上的。睁开眼睛的时候，正是早上七点整。第二个自我发现是，夜里睡下时没有关闭房门，好在台北十月底的天气还很热，使我的醉卧台北没有伤及身体。唯一让我头痛的是那条西服裤子，不仅留下豪饮时的斑斑汤迹酒痕，还被我揉得皱皱巴巴。我只好打开箱子，重新更衣。虽然如此，我丝毫不悔昨天晚上的酒醉，试想如果没有我当对杯的靶牌，文友的相聚，将会为之冷寂失色。“两军对阵”总要有人付出一点牺牲，那么就让我担当这个角色吧。

在那天两岸作家共议二十一世纪的文学会议上，有一个小小的插曲。那就是昨晚与我对饮的作家，见我仍然满面红光地光临会场觉得有点不可思议，我们之间留下一段如下的对话：“你没有被‘深水炸弹’击沉？看你当时已经飘飘然了。”我说：“下沉了一夜，这不又漂上来了！”“你很善饮，咱们找个机会再会一次。”“那得要换个地方了，你们到北京去，我请你们喝。‘酒鬼’！”——“酒鬼遇酒鬼，不知是你醉倒，还是我们

醉倒呢！”我说：“久别重逢，双方皆一醉方休，那本身就是一篇浪漫的文学。”台湾友人们说，那是文学品种中的诗。时代中死了李白与酒的潇洒，也就死了不少的浪漫文字……饮酒的浪漫情话是留在台北了，但是我却愧对了那位新竹来看望我的朋友。为了表示自己的歉意，到了我们台湾之行的最后一站高雄时，我特意打电话到新竹的朋友家里。我说务请原谅我那天的失礼，因为文人与酒是难舍难离的——只有将来你们到北京时，我向你赔罪了！

飞觞醉月

——诗词之酒

◎林清玄

中国的园林建筑里，最常出现在亭台上或圆门上的匾额，是四个字："飞觞醉月"。

这四个字非常简单，只不过是说"举杯邀月，与月同醉"的意思。可是这四个字也最不简单，我认为它可以代表园林建筑所表现的中国文人精神——人与自然在生活上有极密切的关系。

"飞觞醉月"的月亮不是高高挂在天上，仿佛能与人隔桌对坐，相互举杯，到"我"与"月亮"都喝醉的时候，就到了心体两忘的境界。这种把月亮当酒友的文人境界，在辛弃疾的词《西江月》曾有传神的描写：

> 昨夜松边醉倒，问松我醉何如。只疑松动要来扶，以手推松曰去！

松在这时是辛弃疾醉酒时唯一的朋友，它不只可以和人对饮，在词人的醉眼中还能走过来扶，比"举杯邀明月，对影成三人"更进一步。

月醉松动只是一个简单的例子，借着一瓶酒，中国历代的文人往往能超脱现实世界，与自然界的万事万物把酒言欢，而创作出意象活泼的作品。"酒"，是中国文学史上很重要的元

素，尤其是从魏晋南北朝到宋朝的文学，到处都是酒的影子，没有酒，陶渊明不能安享田园之乐；没有酒，李杜文章不会上天入地；没有酒，宋词可能会缴了白卷。

魏晋文人没有不好酒的，曹操《短歌行》的开头："对酒当歌，人生几何？譬如朝露，去日苦多。慨当以慷，忧思难忘。何以解忧，唯有杜康。"可以道出当时的文人心情，我们如今在文学上读竹林七贤的轶事，几乎没有一则是无酒的，可见到他们对酒沉醉的程度。

但是从文学正统的角度来看，在"酒的人生观"上影响后世最巨的是陶渊明，他在自传里写道："性嗜酒，家贫不能恒得，亲旧知其如此，或置酒而招之，造饮辄尽，期在必醉，既醉而退，曾不吝情去留。"是他爱酒的最佳写照。

陶渊明传世的作品中，几乎有一半是与酒有关的，例如"白日掩荆扉，对酒绝尘想"；"此中有真意，欲辩已忘言"；"一觞虽独进，杯尽壶自倾"；"得欢当作乐，斗酒聚比邻"；"但恨在世时，饮酒不得足"等等，许多已成为饮者醉酒时所引用的名句，千古不消。

最有意思的，是陶渊明的一则传说，他在任彭泽令的时候，因为怕饮酒不得足，命令所有的官田都种上酿酒的黄米(秫)，后来还是因为太太严重抗议，只好留下一块田种稻子，这样的好酒，连后世也少见。陶渊明前后的中国文学家全是好酒如命，借着酒，他们才能在心灵中保持一片自己的田园，保有一个向往的美丽天地，他们才能"淡淡流水，沦胥而逝。泛泛柏舟，载浮载滞。微啸清风，鼓楫容裔。放棹投竿，优游卒岁"(嵇康的酒会诗)。也正因为这种酒与田园的新发展，才启发了隋代的唯美文学与初唐时的浪漫文学。

即连王维这样“居常蔬食，不茹荤血。晚年长斋，不衣文彩”的诗人，都不可避免地写下与酒有关的名诗：

下马饮君酒，问君何所之？君言不得意，归卧南山陲。但去莫复问，白云无尽时。

渭城朝雨浥轻尘，客舍青青柳色新。劝君更尽一杯酒，西出阳关无故人。

与王维同为初唐两大诗人的孟浩然，也有“天边树若荠，江畔洲如月。何当载酒来，共醉重阳节”、“开轩面场圃，把酒话桑麻，待到重阳日，还来就菊花”之句，而他们显然在生活态度和创作上都受到陶渊明的影响。

初唐另一不为人熟知的大诗人储光羲，曾留下几首“田家杂兴”的好诗，最后的几句是：“酩酊乘夜归，凉风吹户牖。清浅望河汉，低昂看北斗。数瓮犹未开，明朝能饮否？”正是写出田园之酒的心声，在诗人心中，今天酩酊大醉犹嫌不足，还想着库藏的酒呢！

豪情与欢歌——中唐之酒

到了中唐，等于进入中国诗歌文学的全盛时期，酒的重要仍随时高涨，酒仍是灵感的不可或缺之物，我们就从韦应物开始。他有一首《与林老对饮》诗，这样写道：“鬓眉雪色犹嗜酒，言辞淳朴古人风。乡村年少生杂乱，见说先朝如梦中。”其后的一些作品，也常提到酒，像“欲持一瓢酒，远慰风雨夕。落叶满空山，何处寻行迹”、“四体一舒散，情性亦忻然，还复茅檐

下,对酒思数贤”,表白了两个更新的观念,一个是想到风雨中的朋友,最好的安慰,是持一瓢酒去与之对饮;一个是对酒想起先贤,这些先贤乃无非是陶渊明、王维诸人,在心灵上就仿佛与他们对饮一样。

以上的几位诗人虽然写酒,但酒在他们手中,是因为与山水的寄情,而不是远大志向的写照,这种传承,到了岑参的手中才打开新的局面,他的几首有关酒的诗,无不是豪气干云,有冲天之慨,像“中军置酒饮归客,胡琴琵琶与羌笛。纷纷暮雪下辕门,风掣红旗冻不翻。轮台东门送君去,去时雪满天山路。山回路转不见君,雪上空留马行处”,像“花楼门前见秋草,岂能贫贱相看老?一生大笑能几回?斗酒相逢须醉倒”。

诗人的酒到了岑参的手中,总算有了新生命、新情感,酒在这时,不是田园归隐时炉上的暖酒,而是边塞里悲壮歌唱的催剂,岑参早年虽写过“朝池花夜恒会客,花扑玉缸春酒香”的软语;但在中年以后,则非大风雪中以烈酒浇块垒不能满足了。

岑参的诗风、酒风,后来影响许多诗人,像崔颢写过:“山头野火寒多烧,雨里孤峰湿作烟。闻道辽西无斗战,时时醉向酒家眠。”像王昌龄的:“葡萄美酒夜光杯,欲饮琵琶马上催。醉卧沙场君莫笑,古来征战几人回?”

同样是饮酒,在战争、在边塞、在风雪的马上,确是与在豆棚瓜架下完全不同了。气概的雄伟还在其次,这种奔放的想象能力,在沙场上醉卧的灵感,如果不是曾在关外豪饮,如何能创作出这样的作品?

假如说魏晋南北朝诗人的酒是避世的田园,初唐诗人的酒是抒情的世界,中唐的岑参、韦应物、王昌龄的酒是大漠的豪情与欢歌，那么无可置疑的，李白是这些情绪与意象之酒的集大成者。中国诗人的酒与文学，到李白的手中，达到一个前所未有的高潮。他以酒抒发自己的诗情，从唯美的小品，到豪迈的长歌，无不是顺手拈来，妙趣天成。

巴陵无限酒，醉煞洞庭秋——李杜之酒

李白的诗不论是描写小儿女之情、对于山水的颂赞、离愁别绪的抒情、对时事的议论，或者上天入地作神仙之语，有许多精彩篇章，都是酒后放歌而来。

他写洞庭湖的山水胜景，说是："刬却君山好，平铺湘水流；巴陵无限酒，醉煞洞庭秋。"

他写少年的浪漫生活，说是："五陵年少金市东，银鞍白马度春风。落花踏尽游何处，笑入胡姬酒肆中。"

他写现世的享乐，说是："君爱身后名，我爱眼前酒。饮酒眼前乐，虚名复何有？"

他写一般的酬酢，说是："昔日长安醉花柳，五侯七贵同杯酒。气岸遥临豪士前，风流肯落他人后？"

而他真正写饮酒的诗，一直到今天还被一般的酒客吟诵不已，像"且乐生前一杯酒，何须身后千载名"、"人生得意须尽欢，莫使金樽空对月"、"钟鼓玉楼不足贵，但愿长醉不愿醒；古来圣贤皆寂寞，唯有饮者留其名"、"兰陵美酒郁金香，玉碗盛来琥珀光；但使主人能醉客，不知何处是他乡"，都是千古不衰的名句。

当李白独自一人饮酒时也迭有佳句，像"对酒不觉暝，落花盈我衣。醉起步溪月，鸟还人亦稀"、"长歌吟松风，曲尽河

星稀。我醉君复乐，陶然共忘机”、“举杯邀明月，对影成三人”，等等。

后人以酒来论李白的很多，杜甫就曾以这些句子来形容他：“敏捷诗千首，飘零酒一杯。”“剧谈怜野逸，嗜酒见天真。”“李白一斗诗百篇，长安市上酒家眠。天子呼来不上船，自称臣是酒中仙。”皮日休有一首《李翰林》：“吾爱李太白，身是酒星魄；口吐天上文，迹作人间客。五岳为辞锋，四海作胸臆；惜哉千万年，此后不可得。”

可见李白不仅是诗中仙，也是酒中之仙，他的诗酒一家，真可以说是千古独步。

与李白同为唐诗双璧的杜甫，诗是诗圣，酒就不是酒圣了。从杜甫的传记看来，他个人是不好酒的，原因是他对社会与人群抱着悲悯的情怀，他的诗里虽也常提到酒，但那些酒是社会的反面描述，表现了人生与社会的凄楚，像“酒债寻常行处有，人生七十古来稀”、“肯与邻翁相对饮，隔篱呼取尽余杯”、“朱门酒肉臭，路有冻死骨”、“莫辞酒味薄，黍地无人耕”、“弟妹悲歌里，朝廷醉眼中”，无一不是上悯国难，下痛民穷，酒在这里是苦酒，但这种以酒肉反映民生疾苦的格调，也为酒的文学开创了新的局面。

唐诗过了杜甫，好像一股酒与酒气就中断了，接下来的几位诗人几乎没有饮酒赋歌的作品，他们写的虽也是社会感慨的诗句，酒却消失了，从元稹、白居易，到孟郊、韩偓几位大诗人，可以说没有可记的“酒话”，然后几位较小号的诗人贾岛、卢仝、刘文、马异都过于刻画，不但无酒，诗也不可观了。唯一可记的是刘文的两句诗：“酒肠宽似海，诗胆大如天”，问题是，空有大的酒肠和诗胆，没有酒的情怀和诗的天才，哪里能做出好诗呢？

劝君今夜须沉醉，尊前莫话明朝事
——五代之酒

中国的诗歌文学过了晚唐，就好像一个人在光明的大道上，突然走进了黑暗的巷子。诗人们饮酒赋歌，不再是战场上的豪情、田园中的乐趣，以及情怀的抒写了，而是一个一个走进了女人的裙摆里去。五代里好像没有了可记的饮酒诗人，蜀主王衍有一首《醉妆词》："这边走，那边走，只是寻花柳。那边走，这边走，莫厌金杯酒。"最能写出五代十国的大动乱里，人的可悲与无奈。

我们来看看五代时词人的可怜情状吧！看看他们手里的酒表达了什么样的意境吧！

"旋开旋落旋成空，空发多情人更惜，黄昏把酒祝东风，且从容。"——朱全忠《酒泉子》

"深院不关春寂寂，落花和雨夜迢迢，恨情残醉却无聊。"——韩偓《浣溪沙》

"悔嫁风流婿，风流无准凭。攀花折柳得人憎。夜夜归来沉醉：千唤不应。"——无名氏《南歌子》

"消息未通何计是？便须佯醉且随行，依稀闻道太狂生。"——张泌《浣溪沙》

"雪菲菲，风凛凛，五郎何处狂饮？醉时想得纵风流，罗帐香帏鸳寝。"——魏承班《满宫花》

这是什么词呢？论酒无酒，论诗无诗，谈境界没有境界，真是黯淡不堪。

晚唐五代可记的几位诗人，不但词讲境界，酒也用得好的只有韦庄、冯延巳、李煜而已。

韦庄有一首《菩萨蛮》是那个时代的代表作：

“如今却忆江南乐，当时年少春衫薄。骑马倚斜桥，满楼红袖招。翠屏金屈曲，醉人花丛宿。此度见花枝，白头誓不归。劝君今夜须沉醉，尊前莫话明朝事。珍视主人心，酒深情亦深。须愁春漏短，莫诉金杯满。遇酒且呵呵，人生能几何？”

这首词不但是韦庄最精彩的杰作之一，有许多名句，是一直到如今都是人所爱引的文学典故。他借酒写了乡情、友情及生命的无奈，真是到了“酒深情亦深”的境界了。

南唐冯延巳也有一首《长命女》能与韦庄相媲美：

“春日宴，绿酒一杯歌一遍。再拜陈三愿：一愿郎君千岁，二愿妾身长健，三愿如同梁上燕，岁岁长相见！”

他借着酒，用最口语的词，表达了男女之情，真挚诚恳，一脱五代十国委靡的文气，可以说深情而不致流于肉麻。

五代里，最有成就的词人，无疑是李煜，但是他在亡国之后，忧心忡忡，虽有一两首词提到酒，可惜都不是他的佳作，想来后主并不爱杯中之物，所以读他的词总是凄艳郁结，大概就是不能饮酒忘忧的缘故。

纵使花时常病酒，也是风流——宋初之酒

幸好五代的乱世很快就过去了，宋词的辉煌时代很快来临，每当文学又兴，酒兴自然上来，所以从晏殊开始，几乎没有一位词人不写酒的，他们饮酒的气势虽已不如盛唐，但它的细腻处却直追盛唐，这种情况不只是文学的，也是社会的。我们

都知道，宋词原是可以歌唱的，歌唱的地点无不是酒肆茶坊，当然与酒脱不了关系，也因此造成了诗歌文学的末世复兴。

北宋初期，伟大的词人晏殊，开始以他丰富的想象力，开拓了酒的新境，他有许多写酒的好词，我们仅摘录部分，来看看晏殊如何写酒。

“一霎好风生翠幕，几池疏雨滴圆荷，酒醒人散得愁多。”“宿酒才醒厌玉卮，水沉香冷懒熏衣，早梅初绽日边枝。”——《浣溪沙》，写酒醉醒来的心情。

“金风细细，叶叶梧桐坠。绿酒初尝人易醉，一枕小窗浓睡。”——《清平乐》，写独饮的心情。

“劝君莫作独醒人，烂醉花间应有数。”（《玉楼春》）

“玉钩阑下香阶畔，醉后不知斜日晚。”（《玉楼春》）

“一场愁梦酒醒时，斜阳却照深深院。”（《踏莎行》）

这些都是喝酒的笔记，也等于为酒的词写下一个基础，为宋词掀开了可观的一页。在晏殊之后的文学大家欧阳修，他的古文使我们正襟危坐，被称之为“一代儒宗”，然而他有一首《浪淘沙》的小词，却写出了真性，比诸古文的欧阳修要可爱得多，词曰：

“好妓好歌喉，不醉难休。劝君满满酌金瓯，纵使花时常病酒，也是风流。”这让我们真正看到酒的魅力，使正统论说的欧阳修，有时也不免要弃甲曳兵！

欧阳修之后的晏幾道更喜欢以酒作为一首词的开头，像《鹧鸪天》：“彩袖殷勤捧玉钟，当年拼却醉红颜。”像《蝶恋花》：“醉别西楼醒不记，春梦秋云，聚散真容易。”像《临江仙》：“梦后楼台高锁，酒醒帘幕低垂。”全是以酒的意象开始，但是，我觉得他写出了酒的真谛的一首是《玉楼春》：“古老都被虚名

误，宁负虚名身莫负；劝君频了醉乡来，此是无愁无恨处。”

在宋朝的词人中，能以平民心情来描写繁华都会的，当推张先与柳永，他们的笔下常常写酒，我各选出一首与酒有关的好词来代表他们：

“锦筵红，罗幕翠，待宴美人姝丽。十五六，解怜才，劝人深酒杯。黛眉长，檀口小，耳畔向人轻道；柳阴曲，是儿家，门前红杏花。”——张先《更漏子》

“长安古道马迟迟，高柳乱蝉嘶。夕阳岛外，秋风原上，目断四天垂。归云一去无踪迹，何处是前期？狎兴生疏，酒徒萧索，不似少年时。”——柳永《少年游》

明月几时有，把酒问青天——苏轼、秦观之酒

词到了苏轼的手里，才算是化成了万道金光，在苏轼的词里，他什么都写，他一方面可以写任何题材和内容，一面又以豪放潇洒的文字一洗前人的柔丽，有形貌，也有骨肉。这样的一代大家，从诗酒文学的历史上看，自然是不能无酒的。虽说苏轼有许多豪气干云的词不是写酒，却也有不少大作是由酒而发，他最有名的“明月几时有，把酒问青天”的《水调歌头》，前记就有这样的几句：“丙辰中秋，欢饮达旦，大醉作此篇，兼怀子由”，正可以说明酒在他创作中的重要。

他的另一首名作《赤壁怀古》，写完了千古风流人物之后，禁不住在结局时感叹道：“人间如梦，一樽还酹江月！”此外，他的《西江月》有“酒贱常愁客少，日明多被云妨，中秋谁与共孤光，把盏凄然北望”之句。

苏东坡被谪居黄州的时候，是常常饮酒的，有一回在雪堂

夜饮，大醉作《临江仙》词：“夜饮东坡醒复醉，归来仿佛三更。家童鼻息已雷鸣，敲门都不应，倚杖听江声。长恨此生非我有，何时忘却营营？夜阑风静縠纹平。小舟从此逝，江海寄余生。”相传他作词之后，和朋友高歌数遍，第二天外面就传闻他把冠服挂在江边，泛舟走了，弄得黄州郡学徐君猷大惊，怕他逃走（当时东坡有罪在身），赶忙到家里去看，发现东坡还烂醉如泥地睡在家里呢！——这个故事与李白的纵酒有异曲同工之妙。

我觉得苏轼借酒写情固然是一等的大家，用酒写景也是当代无人能及，他写梅花是：“花谢酒阑春到也，离离，一点微酸已着枝”；写夕阳是：“醉脸春融，斜照江天一抹红”；写西湖是：“醉中吹堕白纶巾，溪风漾流月”；写草原是：“障泥未解玉骢骄，我欲醉眠芳草”；这些写景的短句何等高妙，不是像东坡“过酒家饮，酒醉，乘月而归”的人，是无法达到这种境界的。

与苏轼同时称世的秦观，虽有好词，在诗酒之气上便已远不如东坡，颂酒的佳句，寥寥可数，我觉得比较好的是“满庭芳”中数句：“饮罢不妨醉卧，尘劳事有耳谁听？江风静，日高未起，枕上酒微醒。”和《南歌子》的：“梦回宿酒未全醒，已被邻鸡催起怕天明。”

当然，秦观传世的作品中最被传诵的是《点绛唇》，也是与酒有关：“醉漾轻舟，信流引到花深处。尘缘相误，无计花间住。烟水茫茫，回首斜阳暮。山无数，乱红如雨，不记来时路。”

苏轼、秦观同时的词人，有名的是黄庭坚，无名的是贺铸，他们也都好酒，但在酒的描写上就大为逊色，也失去了开创性。黄庭坚可记的是“醉舞下山去，明月逐人归”（《水调歌

头》),还是引自前人诗句;贺铸可记的是《将进酒》中的几句:“高流端得酒中趣,深入醉乡安稳处。生忘形、死忘名,谁论二豪初不数刘伶。”

酒已都醒,如何消夜永
——周邦彦、朱敦儒之酒

此后,宋词出了两位大家,一是周邦彦,一是朱敦儒,这两人于酒是个异数,他们的词大都与酒有关,尤其是后者,他的词几乎没有一首无酒。酒在他们手中也可以说是变化万千了。

周邦彦的词有许多酒句,我们且引一些:“正单衣试酒,怅客里光阴虚掷”;“不记归时早暮,下马谁扶,醒眠朱阁”;“憔悴江南倦客,不堪听急管繁弦。歌筵畔,先安枕簟,容我醉时眠”;“几日来,真个醉! 不知道窗外乱红已深半指,花影被风摇碎”;“千红万翠,簇定清明天气。为怜他种种清香,好难为不醉”;“衣染莺黄,爱停歌驻拍,劝酒持觞”。

这里面不乏好句,但我认为他写酒写得最好也流传最广的是《关河令》:“秋阴时晴渐向暝。变一庭凄冷。伫听寒声,云深无雁影。　　更深人去寂静。但照壁孤灯相映。酒已都醒,如何消夜永!”

谈到朱敦儒,他可以说是酒的才子,酒在他的手中无所不能,他用酒可以写出各种情感,他有两首抒怀的词,很能看出他对酒的情感:“诗万首,酒千觞,几曾着眼看侯王? 玉楼金阙慵归去,且插梅花醉洛阳。”(《鹧鸪天》)“我不是神仙,不会烧丹炼药,只是爱闲湛酒,畏浮名拘缚。”写出了一个真正酒徒的形象。

朱敦儒非常懂得饮酒之乐，他不仅是个杰出的词人，也是潇洒的酒徒，他以超人的想象力来品味酒，发之为诗，有许多到今天读起来还有酒的余温。

我这里整理他写酒的浅白又好的句子，大家来共赏："不饮香醪常似醉，白鹤飞来，笑我颠颠地"；"心欢易醉，明月飞来花下睡，醉舞谁知，花满纱巾月满杯"；"人生虚假，昨日梅花今日谢。不醉为何？从古英雄总是痴"；"人已老，事皆非。花前不饮泪沾衣。如今但欲关门睡，一任梅花作雪飞"；"少年场上，醉乡中，容易放春归去"；"秦嶂雁，越溪砧，西风北客雨飘零，尊前却听当时曲；侧帽停杯泪满巾"；"芦花开落任浮生，长醉是良策。昨夜一江风雨，都不曾听得"；"偶然添满旧葫芦，小醉度朝夕。吹笛月波楼下，有何人相识"；"槿篱茅舍，便有山家风味。等闲池上饮，林间醉"……

朱敦儒的酒词多到举不胜举，而且好句连连，意境独到，胡适之将他比做陶渊明，也算宜乎，他虽寻常喝酒，还活到九十多岁，到九十几岁写词远不忘酒，可以说是词中的酒仙，无疑的，光是以写酒为例，宋朝大概没有人写得比他多了。

宋朝词人之酒，到周朱二人算是到了高潮，生于周朱二人间的重要词人是李清照。她是宋朝以来最有名气的女文学家，她虽不像男性词人耽迷杯中物，但有时兴起，也颇能饮酒，这一点从她的词可以看出来。

整理李清照的词，发现酒也是不可缺的，而且她还常常病酒，几首有名的词都与酒有关："常记溪亭日暮，沉醉不知归路。兴尽晚回舟，误入藕花深处。"(《如梦令》)"夜来沉醉卸妆迟，梅萼插残枝；酒醒重破春睡，梦断不成归。"(《诉衷情》)"三

杯两盏淡酒，怎敌他晚来风急？雁过也，正伤心，却是旧时相识。”（《声声慢》）“东篱把酒黄昏后，有暗香盈袖。莫道不消魂，帘卷西风，人比黄花瘦。”（《醉花阴》）

李清照的能词能酒，提供我们研究文学与酒之间一个可贵的话题，因为她是女性，这课题的例证就益发坚强了。我相信，如果李清照不能饮酒，她一定无法写出那么多传诵后世的词章，这一点应是可以肯定的。

把春波都酿作一江醇酎——辛弃疾之酒

说到诗酒文学的集大成者，非辛弃疾莫属。

辛弃疾无疑是中国文学史上的大天才，他在创作上有广泛而巨大的成就，言情，写景，述怀，达意，无不佳妙。刘大杰在《中国文学发展史》中说他：“能作豪壮语，能作愤激语，能作幽默语，有的很放纵，有的很细密，有的很闲淡，有的很热情，无论长词小令，他都能得到成功。”是很贴切的评语。但我们不要忘了其中有酒，甚而只有在饮酒的词中，才能见到辛弃疾浓厚的情感和奔放的才气，这一点是读稼轩词所不可不知的。

我这篇文章的开场，就引了辛弃疾的“昨夜松边醉倒，问松我醉何如？只疑松动要来扶，以手推松曰去！”因为这一首词最能表白中国诗酒文学的真意境，但辛弃疾还不仅此也，他有过两句词：“把春波都酿作一江醇酎，约清愁，杨柳岸边相候。”寓意之深，更甚于前者。他要把一条春天的江水都化成美酒，约着清愁，在江边的杨柳岸相候，和着清愁一起痛饮，这种雄浑，古今无人能及！他另有一首《破阵子》：

“醉里挑灯看剑，梦回吹角连营。八百里分麾下炙，五十弦翻塞外声，沙场秋点兵。马作的卢飞快，弓如霹雳弦惊。了却君王天下事，赢得生前身后名，可怜白发生。”

也是诗酒文学的上上之作，又雄奇又高洁：尤以首句“醉里挑灯看剑”给人一种激荡的豪气，一般人都能体会，即使文豪如苏轼，在这一点上也不如他。

写田园之情：“午醉醒时，松窗竹户，万千潇洒。野鸟飞来，又是一般闲暇。”（《丑奴儿近》）

他以酒写历史的无奈：“身世酒杯中，万事皆空。古来三五个英雄，雨打风吹，何处是汉殿秦宫？”（《浪淘沙》）

他以酒写自己的伤怀：“都将今古无穷事，放在愁边，放在愁边，却自移家向酒泉。”（《丑奴儿》）

他以酒写晚年心情：“万事云烟忽过，百年蒲柳先衰。而今何事最相宜？宜醉，宜游，宜睡。”（《西江月》）

他梦见陶渊明，用酒写下：“老来曾识渊明，梦中一见参差是。觉来幽恨，停觞不御，欲歌还止。白发西风，折腰五斗，不应堪此。问北窗高卧，东篱自醉，应别有归来意？”（《水龙吟》）

他用酒写得最多的应是对时空消逝的感叹：“简策写虚名，蝼蚁侵枯骨。千古光阴一霎时，且进杯中物。”（《卜算子》）“一杯酒，问何似身后名，人间万事，毫发常重，泰山轻！悲莫悲生离别，乐莫乐新相识，儿女古今情。”（《水调歌头》）“极目烟横山数点，孤舟月淡人千里。对婵娟从此话离愁，金樽里！”（《满江红》）

到了晚年，辛弃疾大概自觉喝酒过度，他赋了一首《西园春》，前言写下九个字：“将止酒，戒酒杯，使勿近。”整首词是一个饮酒终生的老人和酒杯的对话，虽有“古今达者，醉后何妨死便埋”之句，最后老人对酒杯说：“麾之即去，有召即来”，充

分表现出他对酒还不能忘情。可惜这首词在辛弃疾的作品中并不是好词，想想一个爱酒的人却写起戒酒之歌，不能畅达之处，也就坦然了。

自辛弃疾之后，中国诗酒文学上虽也有一些奇才，像陆游，像刘过，像姜夔，像史达祖，像刘克庄，乃至吴文英、蒋捷、张炎等等都有佳作。可是我觉得在辛弃疾写完戒酒的诗，中国诗酒文学已经告一个段落，因为这以后，诗不如唐，词不及宋，中国诗酒文学慢慢没落了。

文学研究还大有开展——诗酒之外

由这么多诗词，和其中伟大的诗人词家，我们可以发现酒在文学中的重要，它是使诗词发酵，乃至开拓新局面所不可或缺的，研究中国文学的人，如果不能发现酒在当中的重要地位，就很难真正进入词人诗人最内面的世界，也就不知中国文学发皇的一个重要因素。

也许，研究酒在诗词中的地位只是“小道”，由此还能见到文学研究还有更大的开展可能，像“中国文学中的杏花”、“中国文学中的江水”，或“中国文学中雨的意象”等等都可以是专题研究的项目，我这篇小文只能算是个引子，更多的空间就留给有心的人写博士论文吧！

微醉之后

◎石评梅

几次轻掠飘浮过的思绪,都浸在晶莹的泪光中了。何尝不是冷艳的故事,凄哀的悲剧,但是,不幸我是心海中沉沦的溺者,不能有机会看见雪浪和海鸥一瞥中的痕迹。因此心波起伏间,卷埋隐没了的,岂止朋友们认为遗憾;就是自己,永远徘徊寻觅我遗失了的,何尝不感到过去飞逝的云影,宛如彗星一扫的壮丽。

允许我吧!我的命运之神!我愿意捕捉那一波一浪中汹涌浮映出过去的幻梦。固然我不敢奢望有人能领会这断弦哀音,但是我尚有爱怜我的母亲,她自然可以为我滴几点同情之泪吧!朋友们,这是由我破碎心幕底透露出的消息。假使你们还挂念着我。这就是我遗赠你们的礼物。

丁香花开时候,我由远道归来。一个春雨后的黄昏,我去看晶清。推开门时她在碧绸的薄被里蒙着头睡觉,我心猜想她一定是病了。不忍惊醒她,悄悄站在床前;无意中拿起枕畔一本蓝皮书,翻开时从里面落下半幅素笺,上边写着:

> 波微已经走了,她去那里我是知道而且很放心,不过在这样繁华如碎锦似的春之画里,难免她不为了死的天辛而伤心,为了她自己惨淡悲凄的命运而流泪!
>
> 想到她我心就怦怦地跃动,似乎纱窗外啁啾的小鸟

> 都是在报告不幸的消息而来。我因此病了，梦中几次看见她，似乎她已由悲苦的心海中踏上那雪银的浪花，翩跹着披了一幅白云的轻纱；后来暴风巨浪袭来，她被海波卷没了，只有那一幅白云般的轻纱飘浮在海面上，一霎时那白纱也不知流到那里去了。
>
> 固然人要笑我痴呆，但是她呢，确乎不如一般聪明人那样理智，从前她是个杀人不眨眼的英雄，如今被天辛的如水柔情，已变成多愁多感的人了。这几天凄风苦雨令我想到她，但音信却偏这般渺茫……

读完后心头觉着凄梗，一种感激的心情，使我终于流泪！但这又何尝不是罪恶，人生在这大海中不过小小的一个泡沫，谁也不值得可怜谁，谁也不值得骄傲谁，天辛走了，不过是时间的早迟，生命上使我多流几点泪痕而已。为什么世间偏有这许多绳子，而且是互相联系着！

她已睁开半开的眼醒来，宛如晨曦照着时梦耶真耶莫辨的情形，瞪视良久，她不说一句话，我抬起头来，握住她手说：

"晶清，我回来了，但你为什么病着？"

她珠泪盈睫，我不忍再看她，把头转过去，望着窗外柳丝上挂着的斜阳而默想。后来我扶她起来，同到栉沐室去梳洗，我要她挣扎起来伴我去喝酒。信步走到游廊，柳丝中露出三年前月夜徘徊的葡萄架，那里有芗蘅的箫声，有云妹的倩影，明显映在心上的，是天辛由欧洲归来初次看我的情形。那时我是碧茵草地上活泼跳跃的白兔，天真娇憨的面靥上，泛映着幸福的微笑！三年之后，我依然徘徊在这里，纵然浓绿花香的图画里，使我感到的比废墟野冢还要凄悲！上帝呵！这时候我确乎认识了我自己。

韵妹由课堂下来，她拉我又回到寝室，晶清已梳洗完正在窗前换衣服，她说：

“波微！你不是要去喝酒吗？萍适才打电话来，他给你已预备下接风宴，去吧！对酒当歌，人生几何，去吧，趁着丁香花开时候。”

风在窗外怒吼着，似乎有万骑踏过沙场，全数冲杀的雄壮；又似乎海边孤舟，随狂飙扎挣呼号的声音，一声声的哀惨。但是我一切都不管，高擎着玉杯，里边满斟着红滟滟的美酒，她正在诱惑我，像一个绯衣美女轻掠过骑上马前的心情一样的诱惑我。我愿永久这样陶醉，不要有醒的时候，把我一切烦恼都装在这小小杯里，让它随着那甘甜的玫瑰露流到我那创伤的心里。

在这盛筵上我想到和天辛的许多聚会畅饮。

晶清挽着袖子，站着给我斟酒；萍呢，他确乎很聪明，常常望着晶清，暗示她不要再给我斟，但是已晚了，饭还未吃我就晕在沙发上了。

我并没有痛哭，依然晕厥过去有一点多钟之久。醒来时晶清扶着我，我不能再忍了，伏在她手腕上哭了！这时候屋里充满了悲哀，萍和琼都很难受地站在桌边望着我。这是天辛死后我第六次的昏厥，我依然和昔日一样能在梦境中醒来。

灯光辉煌下，每人的脸上都泛映着红霞，眼里莹莹转动的都是泪珠，玉杯里还有半盏残酒，桌上狼藉的杯盘，似乎告诉我这便是盛筵散后的收获。

大家望着我都不知应说什么？我微抬起眼帘，向萍说：

“原谅我，微醉之后。”

醉后

◎庐隐

——最是恼人拼酒，欲浇愁偏惹愁！回看血泪相和流——

我是世界上最怯弱的一个，我虽然硬着头皮说"我的泪泉干了，再不愿向人间流一滴半滴眼泪"，因此我曾博得"英雄"的称许，在那强振作的当儿，何尝不是气概轩昂……

北京城重到了，黄褐色的飞尘下，掩抑着琥珀墙，琉璃瓦的房屋，疲骡瘦马，拉着笨重的煤车，一步一颠的在那坑陷不平的土道上，努力的走着；似曾相识的人们，坐着人力车，风驰电掣般跑过去了……一切不曾改观。可是疲惫的归燕呵，在那堆浪涌波掀的灵海里，都觉到十三分的凄惶呢！

车子走过顺城根，看见三四匹矮驴，摇动着它们项下琅琅的金铃，傲然向我冷笑，似笑我转战多年的败军，还鼓得起从前的兴致吗……

正是一个旖旎美妙的春天，学校里放了三天春假，我和涵、盐、琪四个人，披着残月孤星，和迷蒙的晨雾奔顺城根来。雇好矮驴，跨上驴背，轻扬竹鞭，得得声紧，西山的路上骤见热闹。这时道旁笼烟含雾的垂柳枝，从我们的头上拂过，娇鸟轻啭歌喉，朝阳美意酣畅，驴儿们驼着这欣悦的青春主人，奔那如花如梦的前程，是何等的兴高采烈。……而今怎堪回首！归来的疲燕，裹着满身漂泊的悲哀；无情的瘦驴！请你不要逼视吧！

强抑灵波，防它捣碎了灵海，及至到了旧游的故地，愔淡白墙，陈迹依稀可寻，但沧桑几经的归客，不免被这荆棘般的陈迹，刺破那不曾复元的旧伤，强将泪液咽下，努力的咽下；我曾被人称许我是“英雄”哟！

我静静地在那里忏悔，我的怯弱，为什么总打不破小我的关头。我记得：我曾想象我是“英雄”的气概，手里拿着明晃晃的雌雄剑，独自站在喜马拉雅的高峰上，傲然的下视人寰，仿佛说：我是为一切的不平，而牺牲我自己的；我是为一切的罪恶，而挥舞我的双剑的呵！“英雄”，伟大的英雄，这是多么可崇拜的，又是多么可欣慰的呢！

但是怯弱的人们，是经不起撩拨的。我的英雄梦正浓酣的时候，波姊来叩我的门，同时我久闭的心门，也为她开了。为什么四年不见，她便如此的憔悴和消瘦？她黯然的说：“你还是你呵！”她这一句话，好像是利刃，又好像是百宝匙；她掀开我秘密的心幕，她打开我勉强锁住的泪泉，与一切的烦恼，但是我为了要证实是英雄，到底不曾哭出来。

我们彼此矜持着，默然坐夜来了。于是我说：“波，我们喝它一醉吧！何苦如此扎挣，酒可以蒙盖我们的脸面！”波点头道，“我早预备陪你一醉。”于是我们如同疯了一般，一杯，一杯，接连着向唇边送，好像鲸吞鲵饮。也不知道什么时候，把一小坛子的酒吃光了，可是我还举着杯“酒来！酒来！”叫个不休！波握住我拿杯子的手说：“隐！你醉了；不要喝了吧！”我被她一提醒，才知道我自己的身子，已经像驾云般支持不住，伏在她的膝上，唉！我一身的筋肉松弛了，我矜持的心解放

了。风寒雪虐的春申江头，涵撒手归真的印影，我更想起萱儿还不曾断奶，便离开她的乳母，扶她父亲的灵柩归去。当她抱着牛奶瓶，宛转哀啼时，我仿佛是受绞刑的荼毒；更加着吴淞江的寒潮凄风，每在我独伴灵帏时，撕碎我抖颤的心……一向茹苦含辛的扎挣自己，然而醉后，便没有扎挣的力量了。我将我泪泉的水闸开放了，干枯的泪池，立刻波涛汹涌。我尽量的哭，哭那已经摧毁的如梦前程，哭那满尝辛苦的命运，唉！真痛恨呵，我一年以来，不曾这样哭过，但是苦了我的波姊，她也是苦海里浮沉的战将，我们可算是一对"天涯沦落人"。她呜咽着说："隐！你不要哭了，你现在是作客，看人家忌讳！你扎挣着吧！你如果要哭，我们到空郊野外哭去，我陪你到陶然亭哭去，那里是我埋愁葬恨的地方，你也可以借他人酒杯，浇自己块垒。在那里我们可尽量的哭，把天地哭毁灭也好，只求今天你咽下这眼泪去罢！"惭愧！我不知英雄气概抛向哪里去了，恐怕要从喜马拉雅峰，直堕入冰涯愁海里去。我仍然不住地哭，那可怜双鬓如雪的姨母，也不住为她不幸的甥女，老泪频挥，她颤抖着叹息着，于是全屋里的人，都悄默地垂着泪！可怜的萱儿，她对这半疯半醉的母亲，小心儿怯怯的惊颤着，小眼儿怔怔的呆望着，呵！无辜的稚子，母亲对不住你，在别人面前，纵然不英雄些，还没有多大羞愧，只有在萱儿面前不英雄，使她天真未凿的心灵里，了解伤心，甚至于陪着流泪，我未免太忍心，而且太罪过了。后来萱儿投在我的怀里，轻轻的将小嘴，吻着泪痕被颊的母亲，她忽然哭了！唉！我诅咒我自己，我愤恨酒，它使我怯弱，使我任性，更使我羞对我的萱儿！我决定止住我的泪液。我领着萱儿走到屋里，只见满屋子月华如水，清光幽韵，又逗起我无限的凄楚，在月姊的清光下，我们的陈迹太多了！我们曾向她诚默的祈祷过；也曾向她悄悄的赌誓过，但如今，月姊照着这漂泊的只影，他呢——人间天上。我如饿虎般的愤怒，紧紧掩上窗纱，我搂着萱儿悄悄的躲在床上。我真不敢想象月姊怎样奚落我。不久萱儿睡着了，我仿佛也进了梦乡，只觉得身上满披着缟素，独自站在波涛起伏的海边，四顾辽阔，没有岸际，没有船只，天上又是蒙着一层浓雾，一切阴森的。我正在彷徨惊惧的时候，忽见海里涌起一座山来，削壁玲珑，峰崖峻崎，一个女子披着淡蓝色的轻绡，向我微笑点头唱道：

独立苍茫愁何多？
抚景伤飘泊！
繁华如梦，
姹紫嫣红转眼过！
何事伤漂泊！

我听那女子唱完了，正要向她问明来历，忽听霹雳一声，如海倒山倾，吓了我一身冷汗，睁眼一看，波姊正拿着醒酒汤，叫我喝。我恰一转身，不提防把那碗汤碰泼了一地，碗也打得粉碎，我们都不禁笑了。波姊说："下回不要喝酒吧，简直闹得满城风雨！……我早想到见了你，必有一番把戏，但想不到闹得这样凶！还是扎挣着装英雄吧！"

"波姊！放心吧！我不见你，也没有泪，今天我把整个儿的我，在你面前赤裸裸的贡献了，以后自然要装英雄！"波姊拍着我的肩说："天快亮了，月亮都斜了，还不好好睡一觉，病了又是白受罪！睡吧！明天起大家努力着装英雄吧！"

醉酒

◎赵凝

在蒙古包里喝酒没法儿不醉,那是醉酒氛围和歌唱的氛围,坐在蒙古包里想象办公室里的钩心斗角和用一大堆电器制造出来的音响效果,你会把你平时的日子对比得很不堪,很没劲,很假,很做作。在蒙古包里喝酒并不像我们平常所想象的那样,是大碗大碗地拼碰。相反,蒙古人喝酒用的是极小极斯文的盅(或许是照顾我们汉族人的缘故?)。他们喝酒的气氛很宽松,用很小的盅给你倒酒,并不逼迫你喝,只是不停地说:

"满上满上,喝不喝在你呀。"

这话让人听着舒服,也觉得在理,于是就任人一次一次地加满酒杯。直到现在我才明白越是小酒杯越容易让人喝醉,不知不觉就喝了许多,到后来多一杯少一杯已经无所谓了,甚至自己人跟自己人对着干起来,我们还主动挑衅向人敬酒,反客为主地大包大揽,忘了自己平时是几斤几两了。

蒙古人喝酒,酒桌上是歌声不断的。蒙古女孩的嗓子极为高亢,声音里有一种尖而有力的东西,穿透力极强,她来到蒙古包里给每一位客人唱歌,她站着,我们坐着,虽是她给我们敬酒,但我们全都得集体仰脸看着她,好像学生在听老师讲课,需仰视才见。

那女孩穿着深红色蒙古袍，腰带和滚边是金黄色的，刺目而且灿烂，有一种纯朴与辉煌浑然一体的感觉。她的嗓音很高，是“刺破青天”的唱法，她唱歌的时候给周围空气一种无形的压力，让人不知不觉进入她的磁场当中，目光和心思全都跟着她转。她唱的是蒙语歌，我们一句也听不懂，但她的声音在高音区徘徊，久久不肯离去。

草原的歌声是非常具有表现力的，而且我惊奇地发现，草原男人的歌声比女人更缠绵，是那种柔柔的绕在舌尖的唱法，男人的柔情比女人的柔情更容易打动人。

唱一支歌就得喝一杯酒，这是规矩。不知不觉，我已喝到了脸色煞白、喝倒了算的程度，那时候，胆量也上来了，豪情也上来了，连自己是个女的都给忘了，吆五喝六，大声挑衅，让别人舔一下酒杯我就能干一杯，我听到自己的声音越来越遥远，仿佛不是从我体内发出来的，而是来自一个别的什么地方。后来我知道，那就是醉了。

醉也难不醉也难

◎张洁

全国作协理事会期间,从中外文化出版公司得到一册吴祖光先生主编的《解忧集》。开宗明义,用的是“何以解忧,惟有杜康”的典故。

翻开扉页,顿觉酒香扑鼻。定睛再将撰稿人一行行地认下去,先不论酒量高低,却个个是文坛高手。果然应了“风流才子”的老话。说起自己的酒史,又都是“家学渊源”。

本人交游不广,难免孤陋寡闻。只觉得喝酒朋友中,唯陆文夫兄的酒,喝得十分练达、有板有眼。好像酒是他的知交。他饮酒,不过是与老友叙谈而已。

他一路浅斟慢酌,只喝到将醉未醉的时分,将一双被皱纹密密圈住的笑眼,不惊不怪地对准这疯疯癫癫的世界。也许这就是品位极高的酒道了!

凡是爱喝两口的人,总能找到喝两口的理由:故人远来或远行;天寒风疾或淫雨乍晴;壮怀激烈或吟诗作赋;难得佳肴佐酒或没有菜以酒代;以至起哄架秧子,摽劲儿开荤解馋,等等,然而却未必真懂酒道酒行,并情爱至深。

我们家两辈都是女儿独撑门户,苦打苦熬挣得一碗饭吃(有时还不一定吃得到),自然挤不出一文钱沽酒,也分不出时间品酒,自小背井离乡,也断失了逢年过节红白喜事与乡里乡亲饮酒为庆的民俗之根。想必典衣沽酒的雅兴，也须有文化作背景。

也曾勉励自己今生今世无论如何应当醉倒一次，方不辜负这艰难的一行。

“五七”干校后期，无产阶级纪律性已不似“文革”伊始的严明。学友们或分配工作，或回家探亲，或住院治病，余下无由无头不得不坚守干校的二三十人，便杀鸡烹狗，将全体学友几年之劳苦所得啖尽杀绝。每每分得一块排骨，数枚鸡翅，便躲进宿舍细细啃来。居然啃出了不少的觉悟，不觉想起其他房间里的景况，定是众人皆醉我独醒。忽然觉得自己吃了大亏，立即到镇上购得五角三分钱一斤的橘子酒半斤。因为是平生少有的壮举，这个价钱至今记忆犹新。

那酒只有橘子的颜色而无橘子的香味，微甜，半斤下去，从来滴酒不沾的我，并无口出狂言、泄露个人私情，或捶桌砸板凳的行径。却清清楚楚地知道自己一味静静傻傻乖乖地笑着，好像面前矗着一面镜子，让我照见了自己一般。不知道还算不算醉？如果算醉，为什么心里清清楚楚；如果不算醉，为什么静静傻傻乖乖地笑？

以后再也不曾做过这方面的试验。

混迹文坛以后，也有了些许的酬酢。上了席面，只会闷头吃菜，像个局外人，任头上的杯盏，如火力网般地交错。逢到有人劝烟劝酒，总是因为不能捧场而心中惭愧，仿佛败了大家的兴。又想起唐诗宋词中的名句，十之八九与酒有关，倘若能喝几口，也许下笔时可为自己不多的才气添几分声势。于是便泛起学烟学酒的念头，虽然始终不成气候，较之从前，还是有了长足的长进。起码可以从烟酒中嗅出香味儿（烟油子味

儿除外)了;还可以喝下一杯"王朝",或一杯"五星啤",或一杯"绍兴老酒",是今年去苏州时,主人款待、介绍的。

平心而论,这几种酒的味道真是好极了,但让我嗜之如命、烂醉如泥是绝计办不到的。

也许因为我哪怕沾一滴酒也会面色酡红,心中着实羡慕那些不论喝到什么地步也面不改色的喝家。我老是觉得不论是伟男人或女丈夫,大庭广众之下喝得红头涨脸失言失态总是不雅。可见白摇了几年笔杆,骨子里仍旧算不得文人骚客。也许醉酒人的痛苦形状让我却步,从而不知醉酒的乐趣,无法入彀。也许我缺心少肺,始终不把大喜大悲的事情长久地放在心上,不必以酒助兴或以酒浇愁……

如此说来,我又是一个极有克制能力的人,这辈子怕是一次也醉不倒了。但我为什么又干了那许多像是喝醉了酒的傻事呢?

1988 年 12 月 5 日北京

酒不醉女人

◎叶梦

一个女人，一生难得与酒结缘，偶尔听得有某位女士擅酒，大家便以为是一件稀奇的事，听者皆睁大眼睛：哇！她竟能喝酒啊！

好像天下的酒都是给男人喝的。

我对酒发生兴趣还在我幼童的时候。我记得我刚刚长齐饭桌高，每逢我父亲喝酒，他便把我招来，用筷尖蘸一点酒让我吮，我每次总是津津有味地吮咂，也不觉得烈性的白酒有什么难吃的，从此，我便习惯了酒。然而，父亲的实验仅仅限于我，家中其他四个兄妹从来没有得到过这种幸运。父亲说：五个孩子只有我像他，脸上有酒窝。他还说：有酒窝的人都应该会喝酒。

父亲教会我喝酒对我来讲是一种不幸的暗示。我的童年青少年时期为一种关节痛所缠绕，膝盖常年冰冷如铁，老是贴满风湿膏药。我父亲给我扎银针，我一见那三四寸长的针刺入我的膝盖，就大喊大叫。父亲实在忍受不了我在扎针时大声喊叫，就说："针不要扎了，干脆浸一服药酒，反正她喝得酒。"母亲用家中祖传的一个形状古朴的大酒壶泡了满满一壶药酒，里面泡上各种芳香祛湿的中药，还有曾外祖留下的一截虎骨，酒却是七角五分一斤的白酒。

我成年以后，有过很多次喝酒的经历，这个时候，我非常感谢我的父亲，会喝酒使我省了很多麻烦，使我在任何场合都卫护了自己的尊严。有人想灌醉我，结果事与愿违，我竟不醉，那人却已倒也，他们往往是不知道我真能喝。

那一年市里举办美术摄影联展，在欢送东北同行的晚宴上，领导委派我敬酒，不期我这一敬，便敬倒一帮东北汉子，看看那些画家摄影家东倒西歪地满嘴酒话，我心中甚为得意：东北的男人怎么这么不行？那天我虽没醉，但因喝得太多，第一次达到那种似醉非醉的微醺状态。我感觉进入了一种奇妙的境界，那个经常这里或那里有痛感的躯壳变得其轻无比，笼罩在酒的芳香之中，所有的精神负载皆已卸尽，有点羽化登仙、似欲飘然而去的味道，我实在无法用语言表达这种极致。

酒实在是一种好东西，不喝酒的人应该是一种人生的缺失，他永远无法进入那种极致的境界。

斗酒不过三杯

◎舒婷

“烟酒,下山虎也。”此乃家训。母系姨舅近十,父系叔伯也有七八,无一打虎英雄。听起来似乎干净得很,其实不然。大姨妈历尽沧桑,偶尔陪人喝酒,风度极佳,一盏在手,左右逢源,并不丢丑。妈妈基本不喝酒,遇上大庆,也抿两口,脸不变色。只有一次“五一”节工厂聚餐,她不知自己重疾在身,别人也不知道,妈妈酒后痛陈思女之切,闻者落泪。时值我们都在山区。这是妈妈第一次也是最后一次喝醉。

妹妹生性俭朴,视酒为奢侈之物。新婚那日,人们自觉照顾女士,只围攻新郎,她跳出来为郎君解围,只这么偶尔露峥嵘,进攻者披靡,收割后的稻捆似的倒了一大片。连她的师父,绰号老酒仙的会计师也被几人搀扶回家,一路大叫:过瘾,过瘾!

哥哥继承了父亲的酒意,一口啤酒,直红上眼皮,浑身都醉汪汪似的,其实不糊涂。我和妹妹则咂着外婆盅缘酒香长大,家教极苛,恨烟恶酒,却是不为所崇。

外公平时不苟言笑,年轻时诸儿听见一声咳嗽便鼠窜,虽从不大声呵斥更不棍棒相加。外公老来无甚安慰,膝下儿女虽众,有忌之资本家而划清界限的;有自身难保的;有在台湾久无音信的。于是每日中午一小盅高粱,对上一半水,自得其

乐。等到那双眉老寿星似的倒挂下来，两颊酡红，小胡尖一翘翘得有趣，我和妹妹趴在桌上，趁机在外公的盘子上打扫战场。这时外公就不打掉我们的筷子，蒙眬着老眼得意地欣赏我们明目张胆。外公做得一手好菜，可惜只烹调他的下酒料。即使煎一个荷包蛋也要亲自下厨，将我和外婆支使得团团转。自己双手颤巍巍端着去饭厅，抛下一地盐罐、胡椒瓶、炉扇、锅盖，让老外婆恨声不绝地收拾，每日如此。

“文化大革命”，外婆也老了，天天跟外公呷一丁点儿。我每每装模作样从她手里沾一下唇，做伸舌抹泪状，深爱我的外婆乐不可支。妈妈和外婆都是忧郁型的，真正开心的时候极少。我是那么爱看她们展颜微笑的样子，那是我童年生活的阳光。

这样，我似乎明白了酒是什么东西。首先一定要待人老了，心里像扑满攒下许多情感。因为老人们用酒来挥发一些什么，沉淀一些什么。

忘掉的不仅是忧愁，记起的也不尽是欢乐。

我在下乡时经常和同伴“大顿”，也和农民“打平伙”。中国人的劝酒是世界独一无二的，与“文革”的逼供信一样使不少人就范。我因不喜酒，每次先就装醉。伙伴们怜我瘦骨嶙峋，都护着我，最后幸亏留着我来收拾残局。可惜隔日问起，个个“浓睡不消残酒”，全不记得了。

还记得随团出访西德，大使馆宴请。也不知大使的官有多大，只觉那人挺直爽又没架子，在本桌的撺掇之下，逮住他连干三杯茅台。那大使没忘记他是中国人，又却不过女士敬酒，认了，果然硬灌三杯。团长过来阻止我，说大使接着还要参加一个重要活动。又诧异我居然口齿清楚地汹汹然争辩。其实我喝的那三杯白酒是我最憎恶的矿泉水。比起我像金鱼似的吐出一个个石灰味的气泡,大使不是要幸福得多吗?

我也常常向往醉一次,至少醉到外公的程度。还因为我好歹写过几行诗,不往上喷点酒香不太符合国情。但是酒杯一触唇,即生反感,勉强灌几口,就像有人扼住喉咙再无办法。有一外地朋友来做客,邀几位患难之交陪去野游。说好集体醉一次,拿酒当测谎器,看看大家心里还私藏着些什么。五人携十瓶酒,从早上喝到傍晚,最后将瓶子插满清凉的小溪,脚连鞋袜也浸在水里了。稍露狂态而已。归程过一独木桥,无人失足。不禁相谓叹息:醉不了也是人生一大遗憾。

最后是我的一位二十年友龄的伙伴获准出国,为他饯行时我勉强自己多喝了几杯,脑袋还是好端端竖在肩上。待他走了之后,我们又聚起来喝酒,这才感到真是空虚。那人是我们这群伙伴的灵魂,他的坚强、温柔和热爱生活的天性一直是我们的镜子。是他领我找寻诗歌的神庙,后来他又学了钢琴、油画,无一成名,却使我们中间笑声不停。

我们一边为离去的人频频干杯,一边川流不息地到楼下小食店打酒。

我第一次不觉得酒是下山虎了,也许因为它已下山得逞,不像从远处看去那么张牙舞爪。可我仍是混沌不起来,直到一个个都击桌高歌。送我去轮渡的姑娘自己一脚高一脚低,用唱歌般的声音告诉我:她爱着那朋友已有多年,她们四姐妹都渴慕着他,可是他却声称是个独身主义者。

这一天之后,我虽然不曾醉酒,却因酒使原有的胃溃疡并

发胃炎再加胃出血，整整一个月光吃流质和半流质。大夫严令再不许喝酒，自己也被胃痛折磨惨了，从此滴酒不沾。

唉，只好等耄耋之年到来。幸亏为期不远矣。

1987年12月17日

劝酒

◎谌容

劝酒之风,古已有之。不知算不算得中国文化深层结构中之一层。反正每逢喝酒,必有人劝,也就必有人被劝。劝人者都有量,被劝者则未必。甭管您有量没量,都得经受这严峻的考验。不然,您别来!

佳肴齐备,主人或主持人举杯:

“薄酒一杯,不成敬意,干!”

薄酒不薄,起码介于 65°至 45°之间。席间量大的如饮甘露,慨然从命,得其所哉;量小的如喝敌敌畏,心惊胆战,苦不堪言。然而主人精诚之极,盛情之极,不干,您来干吗?能不能喝是酒量问题,干不干则是态度问题,您自个儿瞧着办。别思想斗争了,干!

酒过三巡,必有仁者恭谦地起立:

“借花献佛,敬诸位一杯,干!”

主人故意借花,先干理所当然。在座熟与不熟的好意思不干吗?人家跟你头回见面,称你为佛,献你以花,别不识抬举,干吧!

“不行,不行,我实在不行!”

告饶之声不绝于耳。

“先干为敬!”献花者更有绝招,先你来了个底儿朝天,就

看您赏脸不赏脸啦!

讨价还价没用,别磨蹭,干了!

真人不露相,待众人微醺,人家才出台:

“三杯为敬!”

一溜三个酒杯斟满,规矩是一气连干,方为敬意。局势在发展,非人力所能控制。酒场如战场,没有豁出去视死如归的精神您最好别往里掺和。

于是乎,酒盖脸,举座昏昏然。谁也分不清那是红烧鱼块,还是石头子儿;谁也认不得那是生人,还是自己的小舅子。酒倒是把一桌人团结在一起,只是天旋地转,没人分得清谁是我们的朋友,谁是我们的敌人了。

“五杯为满!”强中自有强中手,藏龙卧虎,席间不乏能人。

一串儿五个酒杯酌满,干下去才是好汉。打擂台了。

一桌人的音量都提高了八度,几十岁的人都成了顽童,美酒成为玩具或魔术、杂技、武打……有往手绢里吐的,有往鼻子里灌的,有往人身上泼的。一时间,醉眼相对,大哭大笑,残兵败将,真情毕露,倒也醉态可掬,只是何苦来?

这才尽性。

花间一壶酒,
独酌无相亲。
举杯邀明月,
对影成三人。

每读这诗句,总替李白的孤凄难受。然每逢盛宴,被劝酒劝到无处躲藏时,则非常渴望来点李白式的独酌,哪怕不在月下,只要能安安静静地饮上一杯。

饮酒若能宽松些,别那么死气白赖地劝,该是多么自由!

1988年元月被劝酒而伤酒昏然中写下

酒和方便面

◎宗璞

酒，是艺术。酒使人陶陶然，飘飘然，昏昏然而至醉卧不醒，完全进入另一种境界。在那种境界中，人们可以暂时解脱人间各种束缚，自由自在；可以忘却营碌奔波和做人的各种烦恼。所以善饮者称酒仙，耽溺于饮者称酒鬼。没有称酒人的。酒能使人换到仙和鬼的境界，其伟大可谓至矣。而酒味又是那样美，那样奇妙！许多年来，常念及酒的发明者，真是聪明。

因为酒的好味道，我喜欢，却不善饮。对酒文化，更无研究。那似乎是一门奢侈的学问。只有人问黄与白孰胜时，能回答喜欢黄的，而不误会谈论的是金银。黄酒需热饮，特具一种东方风格。以前市上有即墨老酒，带点烟尘味儿，很不错。现有的封缸、沉缸，也不错。只是我不能多喝。有人说我可能生来具有那根“别肠”，后因多次手术割断了。

就算存在那“别肠”，饮酒的机会也不多。有几次印象很深，但饮的都不是黄酒。

云南开远杂果酒，色殷红，味香甜。童年在昆明，常在中午大人午睡时，和兄、弟一起偷饮这种酒，蜜水一般，好喝极了。却不料它有后劲，过一会便头痛。宁肯头痛，还是偷喝。头痛时三人都去找母亲。母亲发现头痛原因，便将酒瓶藏过了。那时我和弟弟住一房间，窗与哥哥的窗成直角。哥哥在两窗间挂了两根绳子，可拉动一小篮，装上纸条，便成土电话。消息经过土电话而来，格外有趣。三人有话当面不说，偏忍笑回房写纸条。纸条上有各种议论，还有附庸风雅的饮酒诗。如今兄、弟一生离一死别。哥哥远在异域，倒是不时打越洋电话来，声音比本市还清楚。

海淀莲花白，有粉红淡绿两种颜色，味极醇远。在清华读书时，曾和要好的同学在校园中夜饮。酒从燕京东门外常三小馆买来。两人坐在生物馆高台阶上，望着馆前茂盛的灌木丛，丛中流过一条发亮的小溪。不远处是气象台，那时似乎很高。再往西就是圆明园了。莲花白的味道比杂果酒高明多了。我们细品美酒，作上下古今谈，自觉很是浪漫，对自己的浪漫色彩其实比对酒的兴趣大得多。若无那艳丽的酒，则说不上浪漫了。酒助了谈兴，谈话又成为佐酒的佳品。那时的谈话犀利而充满想象，若有录音，现在来听，必然有许多意外之处。这要好的同学现在是美国问题专家。清华诸友近来大都退化做老妪状，只有她还勇往直前，但也绝不饮酒了。

另一次印象深刻的饮酒经验是在一九五九年，当时我下放农村劳动锻炼。一年期满回京时，公社饯行，喝的是高粱酒，白的，清水一般，度数却高。到农村确实增长了见识，很有益处，但若说长期留下改造，怕是谁也不愿意。那时“不做一截子，要做一辈子”农民的壮志尚未时兴。饯行宴肯定我们能回京，使人如释重负；何况还带有公社赠送的大红锦旗，写着“上游干将，为民造福”，证明了我们改造的成绩。在高兴中，每人又有这一年不尽相同的经历和感受，喝起酒来，味道复杂多了。

公社干部豪爽热情，轮番敬酒。一般送行的题目喝酒，便

搬出至高无上的题目来,“为毛主席干杯!”大家都奋勇喝下。我则从开始就把酒吐在手绢上,已经换过若干条,难以为继了。到为这题目干过几次杯后,只好逃席。逃到住房,紧跟着追来一批人,举杯高呼:“为毛主席健康!”话音未落,我忍不住“哇”的一声呕吐起来。幸好那时距“文革”尚远,没有人上纲,不然恐怕北京也不得回了。

我们的队伍中醉倒几条好汉,躺在炕上沉沉睡去。公社书记关心地来视察,张罗做醒酒汤。那次饮酒颇有真刀真枪之感,现在想来犹觉豪迈。

酒是有不同喝法的。

据说一位词人有句云:“到明朝重携残酒,来寻陌上花钿。”君主见了一笑,说,何必携残酒?提笔改做“到明朝重扶残醉,来寻陌上花钿”。果然清灵多了。这是因为皇帝不在乎残酒,那词人就显出知识分子的寒酸气了。

寒酸的知识分子,免不了操持柴米油盐。先勿论酒且说吃饭。这真是大题目。有时开不出饭来对付一家老小,便搬出方便面。所以我到处歌颂方便面,认为其发明者的大智慧不下于酒的发明者。后来知道方便面主乃一日籍之华人,已得过日本饮食业的大奖,颇觉安慰。

到我的工作单位去上班时,午餐便是一包方便面。几个人围坐进食,我总要称赞方便面不只方便,而且好吃。“我就爱吃方便面。”我边吃边说。

“那是因为你不常吃。”一位同事笑笑,不客气地说。

我愕然。

此文若在一九八七年底交卷,到这里会得出结论云,人需要方便面,酒则可有可无。再告一番煞风景罪,便可结束了。

但拖延至今,便有他望。

一九八八年开始,我们吃了约十天的方便面,才知道无论什锦大虾何等名目的作料,放入面中,其效果都差不多。“因为你不常吃”的话很有道理。常吃的结果是,所需量日渐减少。无怪嫦娥耐不住乌鸦炸酱面,奔往月宫去饮桂花酒了。

人生需要方便面充饥,也需要酒的欣赏。

什么时候,我要好好饮一次黄酒。

1988 年 1 月

清芬的酒味

◎苏叶

我不爱酒，滴酒不沾，一沾便红脸，二沾便醉人。所有的名酒佳酿到了我的舌尖上只有一个字——辣。像我这样不知酒味的人，大约是很寡情少趣而不讨人喜欢的吧？

常看见一些兴致高的大人，调转了筷子头，在自己杯里蘸一点酒，放到刚会走路的小娃娃嘴里，小娃娃必定辣得蹙眉苦脸哇哇乱叫，做大人的然后拊掌大笑。

我之所以不懂酒，大约是我小时候没有受过这种熏陶。父亲是喝酒的，不过多是独自一人，时间也不非在用膳的时候，只要想酒了，即使在夜深，也可以一碟花生米，一小碟酱牛肉，细细地抿它一回。月色清朗，桂树的影子和花香都很醉人，父亲就面色慈和地逍遥在杜康里了。我便从中悟晓，喝酒也是有境界的。世上有情酒，有苦酒。有喜酒，有孤酒。有酒中毒计，有酒中骗局。也有庆功的酒坛，壮士的酒碗，和那祭祖思乡别离的杯盏……酒中意味实在太深长了，所以无论中外，从古至今，才有那百色千姿的酒香吧？

不过，我对酒还是敬而远之。也许是因为自知天性脆弱，喜也好，忧也罢，全都禁不起一杯薄醪的催化而自免了。有时丈夫劝我一尝，我也是碰唇放杯，没有含糊过。我和他不一样，他受过大苦，半生沧海桑田，常常喝一点酒，对身体有好处。何况并不贪杯,小酌时也还文雅。也不要什么七荤八素,有一小盘拌黄瓜即可。唯一让我上心的是他喝酒时的神态,总是双目炯炯,望在半空,或激烈,或凄伤,或讥讽地一扫。那两只眼像两个窗口,嵌着高天的风云,烈焰,与寒流……神采灼炼,坚定而沉着。每届此时,我就觉得自己还远不了解他。世界一定是只剩了他一个人的世界,仿佛铁马冰河的世界,仿佛万里荒原的世界,仿佛西风残照的世界,仿佛大江东去的世界……

一个人的世界是完美的世界,但是在那里坐久了会乘风飘飘归去的吧?我于是牵着儿子一并坐到他的酒杯之前来。我陪着吃饭,儿子呢,常常给他弄一点"可乐"之类的饮料。他们父子一问一答,有唱有笑,其乐也融融。哪晓得我那孩子竟是个酒客,他爸爸虽然没有用筷子头教给他喝酒的妙处,但因为有了三两回用饮料作陪的经历,竟成了瘾,养成个派头了。只要他爸爸去拿小杯子,他就跑去拿大杯子。"我要喝酒我要喝酒我要喝酒!"一个劲儿地叫。

都说严父慈母,其实早如《战国策·触龙说赵太后》中所讲的那样,丈夫们爱孩子是远胜于妇人的。我们家他帮助小他弄饮料,全然不管我的脸色。在没有饮料的时候,父子两个商量着用蜂蜜对水也饮上一杯!没有蜂蜜,就用白糖!只差没把咖啡派上用场。当然,每每作案,我都力阻,甚至端起泡制好的"美味"一倾而入马桶冲走了事。但是等我一转背,厨房里又传来杯勺相碰清脆如铃的声音,还夹杂着一大一小两个人小心谨慎的窃笑。我只好自己省点气力,叫归叫,倒也懒得武力干涉了;何况家中哪能常有饮料呢?而白糖和蜂蜜也常有断顿的时候。他们"违纪"虽然情节严重,次数毕竟是有

限的。

但我实在低估了他们的创造力。大约是许久没有好心情品尝佳酿了,那一天,做爸爸的给自己斟满了一杯。等我下楼,倒了垃圾上来,儿子已在桌边坐下了,而且面前也有一大杯黄汤汤的液体,不知是什么。父子俩忍住笑,神情诡秘地望着我。我知道必定有事了。“怎么能给他喝黄酒啊?!”我生气地说着,就要抄起来倒掉。

“别,别……”父子俩大笑着拦住我的手。

“不是黄酒!不是黄酒!”

“那是什么?”

父亲朝儿子看看,儿子朝父亲看看,还耸了一下肩膀,把手一摊,小声地、自知有罪地坦白道:

“是、是、是‘板蓝根’。”

“什么?!”我大吼一声……

而两个肇事者已经伏在桌上笑得颤个不停。

我无可奈何地倚在门框上,在胸前交叠起两只臂膀,看着眼前这一幅风景。

灯光正柔和。

饭菜已喷香。

要是此时突然进来一个人,是和眼下这个做父亲的在那一年差点儿一起饿死在盐碱滩上……在那一年差点儿被斗死在青海高原的砂场上……他和他会怎么想?

虽然是最普通的四十支的白炽灯光,虽然是豆子、米粉、青菜汤……

但天气预报在说:“今年第十七号强热带风暴已经在海南岛以东的洋面上升成,目前正以每秒钟二十公里的速度向西偏北方向移动……”

我真怕它肆虐发狂的风雨会侵袭拍打到我的檐前和窗下。因为我第一次嗅到了我的蓬门草顶之下满室清芬的酒味。

酒婆

◎冯骥才

酒馆也分三六九等。首善街那家小酒馆得算顶末尾的一等。不插幌子,不挂字号,屋里连座位也没有;柜台上不卖菜,单摆一缸酒。来喝酒的,都是扛活拉车卖苦力的底层人。有的手捏一块酱肠头,有的衣兜里装着一把五香花生米,进门要上二三两,倚着墙角窗台独饮。逢到人挤人,便端着酒碗到门外边,靠树一站,把酒一点点倒进嘴里,这才叫过瘾解馋其乐无穷呢!

这酒馆只卖一种酒,使山芋干造的,价钱贱,酒味大。首善街养的猫从来不丢,跑迷了路,也会循着酒味找回来。这酒不讲余味,只讲冲劲,进嘴赛镪水,非得赶紧咽,不然烧烂了舌头嘴巴牙花嗓子眼儿。可一落进肚里,跟手一股劲"腾"地蹿上来,直撞脑袋,晕晕乎乎,劲头很猛。好赛大年夜里放的那种炮仗"炮打灯",点着一炸,红灯蹿天。这酒就叫做"炮打灯"。好酒应是温厚绵长,绝不上头。但穷汉子们挣一天命,筋酸骨乏,心里憋闷,不就为了花钱不多,马上来劲,晕头涨脑地洒脱洒脱放纵放纵吗?

要说最洒脱,还得数酒婆。天天下晌,这老婆子一准来到小酒馆,衣衫破烂,赛叫花子;头发乱,脸色黯,没人说得清她嘛长相,更没人知道她姓嘛叫嘛,却都知道她是这小酒馆的头号酒鬼，尊称酒婆。她一进门，照例打怀里掏出个四四方方的小布包，打开布包，里头是个报纸包，报纸有时新有时旧；打开报纸包，又是个绵纸包，好赛里头包着一个翡翠别针；再打开这绵纸包，原来只是两角钱！她拿钱撂在柜台上，老板照例把多半碗“炮打灯”递过去，她接过酒碗，举手扬脖，碗底一翻，酒便直落肚中，好赛倒进酒桶。待这婆子两脚一出门坎，就赛在地上划天书了。

她一路东倒西歪向北去，走出一百多步远的地界，是个十字路口，车来车往，常常出事。您还甭为这婆子揪心，瞧她烂醉如泥，可每次将到路口，一准是“噔”的一下，醒过来了！竟赛常人一般，不带半点醉意，好端端地穿街而过。她天天这样，从无闪失。首善街上人家，最爱瞧酒婆这醉醺醺的几步扭——上摆下摇，左歪右斜，悠悠旋转乐陶陶，看似风摆荷叶一般；逢到雨天，雨点淋身，便赛一张慢慢旋动的大伞了……但是，为嘛酒婆一到路口就醉意全消呢？是因为“炮打灯”就这么一点劲头儿，还是酒婆有超人的能耐说醉就醉说醒就醒？

酒的诀窍，还是在酒缸里。老板人奸，往酒里掺水。酒鬼们对眼睛里的世界一片模糊，对肚子里的酒却一清二楚，但谁也不肯把这层纸捅破，喝美了也就算了。老板缺德，必得报应，人近六十，没儿没女，八成要绝后。可一日，老板娘爱酸爱辣，居然有喜了！老板给佛爷叩头时，动了良心，发誓今后老实做人，诚实卖洒，再不往洒里掺水掺假了。

就是这日，酒婆来到这家小酒馆，进门照例还是掏出包儿来，层层打开，花钱买酒，举手扬脖，把改假为真的“炮打灯”倒进肚里……真货就有真货色。这次酒婆还没出屋，人就转悠起来了。而且今儿她一路上摇晃得分外好看，上身左摇，下身

右摇，愈转愈疾，初时赛风中的大鹏鸟，后来竟赛一个黑黑的大漩涡！首善街的人看得惊奇，也看得纳闷，不等多想，酒婆已到路口，竟然没有酒醒，破天荒头一遭转悠到大马路上，下边的惨事就甭提了……

自此，酒婆在这条街上绝了迹。小酒馆里的人们却不时念叨起她来，说她才算真正够格的酒鬼。她喝酒不就菜，向例一饮而尽，不贪解馋，只求酒劲。在酒馆既不多事，也无闲话，交钱喝酒，喝完就走，从来没赊过账。真正的酒鬼，都是自得其乐，不搅和别人。

老板听着，忽然想到，酒婆出事那日，不正是自己不往酒里掺假的那天吗？原来祸根竟在自己身上！他便别扭开了，心想这人间的道理真是说不清道不明了。到底骗人不对，还是诚实不对？不然为嘛几十年拿假酒骗人，却相安无事，都喝得挺美，可一旦认真起来反倒毁了？

母亲的酒

◎李国文

“酒这个东西,真好!”这是我老母亲喝完了最后一口,将酒杯口朝下,透着光线观察再无余沥时,总爱说的一句话。

她喜欢酒,但量不大,一小杯而已。有的人喝酒,讲究下酒菜,六七十年代,我们的日子过得很窘,两口子的工资加在一起,不足一百多块钱,要维持老少五口人的开支,相当拮据。她也能够将就,哪怕炒个白菜,拌个菠菜,也能喝得香喷喷的。那时,几乎买不起瓶酒,更甭说名酒了,都是让孩子拎着瓶子到副食店里去零打。这类散酒,用白薯干为原料酿制,酒烈如火,刹那间的快感,是不错的,但爱上头,尤其多喝两口以后,那脑袋很不舒服的。

然而,她还是要说:“酒这个东西,真好!”

我妻子吃酒酿圆子都会醉的,不过,她很喜欢闻那股白酒的香味,所以,一家人围桌而坐,老太太拿出酒杯,倒酒便是她的差使。那时,我们很穷,穷得不得不变卖家中的东西。可再穷,这杯酒还是要有的。因为有富人的酒,也有穷人的酒,喝不起佳酿,浊酒一盏,也可买醉。后来,大环境的改变,我们的生活渐入佳境,好酒名酒,也非可望而不可即了,可是我母亲仍对二锅头情有独钟。我曾经写过一篇《酒赞》,就是赞扬这种价廉物美的老百姓喝得起的酒,歌颂这种陪伴我们一家人

度过艰辛岁月的酒。

现在回想起故去的老母亲那句话，“酒这个东西，真好”！就会记起当时饭桌上的温馨气氛。在那个讲斗争哲学的大风大浪里，家像避风港一样，给你一个庇护所，在老少三代同住一室的小屋子里，还有一缕徐徐萦绕在鼻尖的酒香，那充实的感觉，那慰藉的感觉，对一个屡受挫折的人来说，是最难得的一种幸福。我怀念那有酒的日子，酒，意味着热量，意味着温暖，那时，我像一头受伤的动物，需要躲起来舔我流血的伤口，这家，正是我足以藏身，可避风霜的洞穴。

那时候，很有一些人，从无名之辈，到声名鼎沸的诸如我的同行之流，最终走上了绝路，很大程度是由于内外相煎的结果。如果我经受了大会小会的批斗以后，拖着沉重的身子回到家来，若是再得不到亲人的抚慰鼓励，而是白眼相待，而是划清界限，这样雪上加霜的话，家庭成了一座冷冰冰的心狱，还有什么必要在这个世界上存活下去呢？

虽然，说是避风港，未必就能保证绝对安全，不知什么时候，什么事情，凶险和不幸破门而入，所以，那时的穷，倒不是最可怕的事情，猝不及防的发难，才是真正令人忧心的。穷，只要不到断炊的地步，是可以用精打细算的安排，用开源节流的办法挨过去的。甚至还允许有一点点奢侈，让孩子为奶奶去打四两散酒。而那些总是看你不顺眼，总是要想法使你过得不痛快，总是恃自己政治上的优越，要将你踩到烂泥里去的人，简直防不胜防。因此，当老母亲把酒杯翻转来，对着透过窗户的冬日阳光，说“酒这个东西，真好”时，即使那是片刻的安宁，短暂的温馨，也是难能可贵。尤其一家人在默默无言中，期望着你能在困境中支撑下去的眼神，更是我觉得无论如何不要倒下去的原动力。

其实，一九五七年因为写了一篇小说，被打成“右派”，我和妻子约好，没有必要将此事告诉老人，让她在思想中成为一种负担；但天长日久，她也不可能毫无察觉我的碧落黄泉式的政治跌宕。不过，她始终装作什么也不知道，直到她离开这个世界。但也是从那以后，她有了这种喝上一杯，麻醉自己的习惯，而且一定要说出那句关于酒的口头禅。

前不久，上海一张报纸上发表了丁聪先生画我的一张漫画，有我自题的一首打油诗，其中“碰壁撞墙家常事，几度疑死恶狗村。‘朋友’尚存我仍活，杏花白了桃花红”的“疑死”二字，绝非夸张之词，这就更让我怀念那杯母亲的酒了。一般来讲，她喝酒，从来不鼓励家中的别人喝酒，但在“史无前例”的年代，当那些“朋友”们“帮助”得我“体无完肤”，真觉得离死不远的苦痛中，我母亲会破例地在她喝完那小杯酒，在说“酒这个东西，真好”时，再倒上一杯，放在被斗得身心疲惫的我面前……

如今，须发皆白的我，也到了我母亲喝酒的那般高龄了。据报载，喝一点干红，对于上了年纪的人来讲，或许益处更多。现在，孩子们都有了自己的家，在空巢中的我和我老伴，每当在饭桌前坐下来，品尝着琥珀红的酒浆时，就会想起那杯母亲的白酒，这一份记忆，也就渲染上一层玫瑰般的甜蜜色彩。

于是，“酒这个东西，真好”的话音，就会在耳畔响起。接着往下想，酒，究竟好在哪里呢？这就是：无论在阳光灿烂的季节中，还是在刮风下雨的岁月里，只要是有酒的日子，那幸福，就属于你。

醉

◎巴金

我不会喝酒,但我有时也尝到醉的滋味。醉的时候我每每忘记自己。然而醉和梦毕竟是不同的。我常常做着荒唐的梦。这些梦跟现实离得很远,把梦境和现实的世界连接起来就只靠我那个信仰。所以在梦里我没有做过跟我的信仰违背的事情。

我从前说我只有在梦中得到安宁,这句话并不对。真正使我的心安宁的还是醉。进到了醉的世界,一切个人的打算、生活里的矛盾和烦忧都消失了,消失在众人的"事业"里。这个"事业"变成了一个具体的东西,或者就像一块吸铁石把许多颗心都紧紧吸到它身边去。在这时候个人的感情完全溶化在众人的感情里面。甚至轮到个人去牺牲自己的时候他也不会觉得孤独。他所看见的只是群体的生存,而不是个人的灭亡。

将个人的感情消融在大众的感情里,将个人的苦乐联系在群体的苦乐上,这就是我的所谓"醉"。自然这所谓群体的范围有大有小,但"事业"则是一个。

我至今还记得我第一次的沉醉。那已经是十七八年前的事了,然而在我的脑子里还是十分鲜明。那时我是个孩子。我参加一个团体的集会。我从来没有像那样地感动过。谈

笑,友谊,热诚,信任……从不曾表现得这么美丽。我曾经借了第三者的口吻叙述我当时的心情:这次十几个青年的茶会简直是一个友爱的家庭的聚会。但这个家庭里的人并不是因血统关系、家产关系而联系在一起的;结合他们的是同一的好心和同一的理想。在这个环境里他只感到心与心的接触,都是赤诚的心,完全脱离了利害关系的束缚。他觉得在这里他不是一个陌生的人,孤独的人。他爱着周围的人,也为他周围的人所爱。他了解他们,他们也了解他。他信任他们,他们也信任他。……

这是醉。第一次的沉醉以后又继之以第二次、第三次……这醉给了我勇气,给了我希望,使我一个幼稚的孩子可以站起来向旧礼教挑战,使我坚决地相信光明,信任未来。不仅是我,我们那个时代的青年都是这样地成长的。而且我相信每个时代的青年都会在这种沉醉中饮到鼓舞的琼浆。

时间是骎骎地驰过去了。醉的次数也渐渐地多起来。每一次的沉醉都在我的心上留下一点痕迹。有一两次我也走过那黑门,我的手还在门上停了一下。但是我们并没有机会得到那痛快的壮烈的最后。这是事实。一个人沉醉的时候,他会去干一些勇敢的事情,至少他会有这样的渴望。我们那时也就处在这样的境地。南国的芳香沁入我们的心灵,火把给我们照亮黑暗的窄巷。一堵墙、一扇门关不住我们的心。一个广场容纳不了我们的热情。或者一二十个孩子聚在一个小房间里,大家拥挤地坐在地上;或者四五个人走着泥泞的乡间道路。静夜里,石板路上响着我们的脚步声。在温暖的白昼,清脆的笑语又充满了古庙。没有寂寞,没有苦闷,没有悲哀。有的只是一个光明的希望。每个人的胸膛里都有着同样的一颗心。

这是无上的“沉醉”，这是莫大的“狂喜”，它使我们每个人“都消失在完全的忘我里面”。所以我们也曾夸大地立下誓言：要用我们的血来灌溉人类的幸福，用我们的死来使人类繁荣。要把我们的生命联系在人类的生命上面。人类生命的连续广延永远不会中断，没有一种阻力可以毁坏它。我们所看见的只有人类的繁昌，并没有个人的死亡。

我不能否认我们的狂妄，但是我应该承认我们的真挚。我们中间也有少数人实行了他们的约言。剩下的多数却让严肃的工作销蚀他们的生命。拿起笔的只有我一个。我不甘心就看着我的精力被一些方块字消磨干净，所以我责备自己是一个弱者。但是这个意思也很明显；这里并没有悲观，也没有绝望。若有人因此说我“在黑暗中哭泣”，那是他自己看错了文章。我们从没有过哭泣的时候。那不是我们的事情。甚至跟一个亲密的朋友死别，我们也只有暗暗地吞几滴眼泪。我们自然不能否认黑暗的存在。然而即使在黑暗的夜里，我们也看见在远方闪耀的不灭的光明，那是“醉”给我们带来的。

我常常用我自己的事情做例子，也许别人会把这篇《醉》看作我的自白。其实《死》和《梦》都不是我的自白，《醉》也不是。我可以举出另一些例子。我手边恰恰有几封信，我现在从里面引出几段，我让那些比我更年轻的人向读者说话：

> 那天夜里，正是我异常兴奋的一天。在学校里我们开了一个野火会。天空非常的黑沉，人们的影子在操场上移动着，呼喊着。它的声波冲破这沉寂的天空！
>
> 一堆烈火盛燃起来了。那光亮的红舌头照亮了每个人的脸，我们围绕着火堆唱歌。我们唱《自由神》、《示威》

等等，这个兴奋的会一直到火熄灭了为止。

这不也是“醉”么？

在十二月××日，一个温暖的北方天气，阳光是那么明亮，又那么温暖，在这天我们学生跑到××（一个小乡村）去举行扩大行军。这项新鲜而又兴奋的工作弄得我一夜都没有睡好。

大概八点钟吧。我们起程了，空着肚子，悄悄地离开了学校。我们经过了热闹的街市，吵嚷的人群，快到十点的时候才踏进乡村的境界。

一条黄土道，向来是静寂得怕人，今天却有些改变了。一群学生穿着蓝布衫，白帆布球鞋，脸上露出神秘而又兴奋的微笑，迈着大步踏着这条黄土道。“一——二——一”不知道是谁这样喊着，我们下意识地跑起来。

到那里已是晌午了。我们群集在一个墓地里，后面是一片大树林，前面有几间小茅屋。农夫们停止了工作都出来看望。啊，是那么活跃着的一群青年！行军的号筒响了，雄壮的声音提起了每个人的勇气。我们真的像上了战场一样。

战斗的演习继续到三点钟才完毕。因为环境不允许，我们的座谈会没有举行，就整队回校了。一路上唱着歌喊着热烈的口号。

这是“醉”，令人永不能忘记的“沉醉”。它把无数青年的心联结在一起了。还有：

的确我不会是寂寞，我不会是孤独。我们永久是热情的，那么多被愤怒的火焰狂炽着的心永久会紧紧地联系在一起的。啊，我想起了一件事情。我真不能够忘记。就是在去年下半年我们从先生的口中和报纸上知道了北平学生运动的经过情形，而激起了我们的请愿的动机。那时在深夜里我们悄悄地计划着，我们紧紧地携着手，在黑暗中祝福第二天背着校方的请愿成功。我们一点也不怕地在微弱的电筒光下写着旗子和施行的步骤。我们一夜没有睡。当天将亮的时候，我和另一个同学轻轻地在每一个寝室的玻璃窗上敲了两下，于是同学们都起来了。我们整齐了队伍，在微雨的早晨走出了校门。在出发的时候，我因为走得太忙，跌了一个斤斗，一个高一班的同学拉了我起来，我们无言地亲密地对笑着。一群孩子如一条粗长的铁链冲出了学校。虽然最后我们失败了，但那粗长的铁链使我们相信了我们自己。我们怎会寂寞，怎会孤独呢？

这是年轻的中国的呼声。我们的青年就这样地慢慢成长了。——那个“孩子”说得不错，在这样的沉醉中他们是不会感到寂寞和孤独的。让我在这里祝福他们。

1937年5月在上海

醉

◎蔡澜

启功先生的书法，一向并不欣赏。但是，在办公室中却挂着老人家的对联。

粗笔之中，夹着非常瘦细的线条，虽然显得极不调和，但也变成启功书法的特点，这对对联没有这种毛病，看来很美。

又因为它是好友李胥兄送我的，起初，我一听是启功，心中嘀咕。

李胥兄笑了："很适合你，你看一看就明白！一定会挂起来。"

送到办公室，我请秘书拉着，卷开来看，上联写着："能将忙事成闲事"。

好！内容有意思，启先生的字，两个"事"，一粗一细，很精彩。

急着看下联："不薄今人爱古人"。

正如李胥兄所说，对正我的性格。

我将丰子恺先生的画放在中间，让对联左右相伴，衬得天衣无缝。

丰先生画着一个穿着长袍的人，笑嘻嘻地把大岩石当成沙发来坐，石上有棵松树，题字："随寓而安"。

这幅画陪我多年，在替别人打工的时候也挂在办公室中，每逢和老板发生争执，得不到解决时，我总是一言不语，起身走到画前，做观赏状。

老板用眼角瞄一瞄“随寓而安”那四个字，知道我随时走人，也就放过我一马。

“能将忙事成闲事”，是我的信仰。算命先生老早说我，这一生人恐怕要忙到老，我听了不知道多高兴。能忙，最好不过，热爱生命的人，都想忙个不停。忙久了，就变成忙的专家。既然知道怎么忙，就学会怎么闲了。

“不薄今人爱古人”，我喜欢的是人，和别人交谈中得到喜悦。尊敬长辈，爱护比我年轻的人；更爱读名著，和古人做朋友。

每天对着这些字画，不必饮酒，已醉。

何以解忧？

◎余光中

人到中年，情感就多波折，乃有“哀乐中年”之说。不过中文常以正反二字合用，来表达反义。例如“恩怨”往往指怨，“是非”往往指非，所以江湖恩怨、官场是非之类，往往是用反面的意思。也因此，所谓哀乐中年恐怕也没有多少乐可言吧。年轻的时候，大概可以躲在家庭的保护伞下，不容易受伤。到了中年，你自己就是那把伞了，八方风雨都躲不掉。然则，何以解忧？

曹操说：“唯有杜康。”

杜康是周时人，善于造酒。曹操的意思是说，唯有一醉可以忘忧。其实就像他那样提得起放得下的枭雄，一手握着酒杯，仍然要叹“悲从中来，不可断绝”。也可见杜康发明的特效药不怎么有效。范仲淹说：“酒入愁肠，化作相思泪。”反而触动柔情，帮起倒忙来了。吾友刘绍铭乃刘伶之后，颇善饮酒，所饮的都是未入刘伶愁肠的什么行者尊尼之类，可是他不像一个无忧的人。朋友都知道，他常常对人诉穷；大家都不明白，为什么赚美金的人要向赚台币的人诉穷。我独排众议，认为刘绍铭是花钱买醉，喝穷了的。世界上，大概没有比酒醒后的空酒瓶更空虚的心情了。豪斯曼的《惨绿少年》说：

要解释天道何以作弄人，
一杯老酒比弥尔顿胜任。

弥尔顿写了一整部史诗，来解释人类何以失去乐园，但是其效果太迂阔了，反而不如喝酒痛快。陶潜也说："天运苟如此，且进杯中酒。"问题是酒醒之后又怎么办。所以赫思曼的少年一醉醒来，发现自己躺在泥里，除了衣物湿尽之外，世界，还是原来的世界。

刘绍铭在一篇小品文里，以酒量来分朋友，把我纳入"滴酒不沾"的一类。其实我的酒量虽浅，而且每饮酡然，可是绝非滴酒不沾，而且无论喝得怎么酡然，从来不会颓然。本来我可以喝一点绍兴，来港之后，因为遍地都是洋酒，不喝，太辜负狄俄尼索斯了，所以把酒坊架上排列得金碧诱人的红酒、白酒、白兰地等等，一一尝来。曹操生在今日，总得喝拿破仑才行，不至于坚持"唯有杜康"了吧。朋友之中真正的海量应推戴天，他推己及人，赴宴时常携名酒送给主人。据他说，二百元以下的酒，无可饮者。从他的标准看来，我根本没有喝过酒，只喝过糖水和酸水，亦可见解忧之贵。另一个极端是梁锡华，他的肠胃很娇，连茶都不敢喝，酒更不论。经不起我的百般挑弄，他总算尝了一口匈牙利的"碧叶萝丝"(Pieroth)，竟然喜欢。后来受了维梁之诱，又沾染上一种叫"顶冻鸭"(Very Cold Duck)的红酒。

我的酒肠没有什么讲究：中国的花雕加饭和竹叶青，日本的清酒，韩国的法酒，都能陶然。晚饭的时候常饮一杯啤酒，什么牌子都可以，却最喜欢丹麦的嘉士伯和较浓的土波。杨牧以前嗜烈酒，现在约束酒肠，日落之后方进啤酒，至少五樽。所以凡他过处，空啤酒瓶一定排成行列，颇有去思。但是他显

然也不是一个无忧之人。不论是杜康还是狄俄尼索斯,果真能解忧吗?“举杯消愁愁更愁”,还是李白讲得对,而李白,是最有名最资深的酒徒。我虽然常游微醺之境,却总在用餐前后,或就枕之前,很少空肚子喝。楼高风寒之夜,读书到更深,有时饮半盅“可匿雅客”(cognac),是为祛寒,而不是为解忧。忧与愁,都在心底,所以字典里都归心部。酒落在胃里,只能烧起一片壮烈的幻觉,岂能到心?

就我而言,读诗,不失为解忧的好办法。不是默读,而是读出声来,甚至纵情朗诵。年轻时读外文系,我几乎每天都要朗诵英文诗,少则半小时,多则两三小时。雪莱对诗下的定义是“声调造成的美”(the rhythmical creation of beauty),说法虽与音乐太接近,倒也说明了诗的欣赏不能脱离朗诵。直到现在,有时忧从中来,我仍会朗诵雪莱的《啊世界,啊生命,啊光阴》,竟也有登高临远而向海雨天风划然长啸的气概。诵毕,胸口的压力真似乎减轻不少。

但我更常做的,是曼吟古典诗。忧从中来,五言绝句不足以抗拒。七言较多回荡开阖,效力大些。最尽兴的,是狂吟起伏跌宕的古风如“弃我去者昨日之日不可留”或“人生千里与万里”,当然要神旺气足,不得嗫嚅吞吐,而每到慷慨激昂的高潮,真有一股豪情贯通今古,太过瘾了。不过,能否吟到惊动鬼神的程度,还要看心情是否饱满,气力是否充沛,往往可遇而不可求。尤其一个人独诵,最为忘我。拿来当众表演,反而不能淋漓尽致。去年年底在台北,我演讲《诗的音乐性》,前半场空谈理论,后半场用国语朗诵新诗,用旧腔高吟古诗,用粤语、闽南语、川语朗诵李白的《下江陵》,最后以英语诵纳什的《春天》,以西班牙语诵洛尔卡的《骑士之歌》与《吉打吟》。我吟的其实不是古诗，而是苏轼的“大江东去”。可惜那天高吟的效果远不如平日独吟时那么浑然忘我，一气呵成；也许因为那种高吟的声调是我最私己的解忧方式吧。

“你什么时候会朗诵西班牙诗的呢?”朋友们忍不住要问我了。二十年前听劳治国神父诵洛尔卡的 La Guitarra，神往之至，当时就自修了一点西班牙文，但是不久就放弃了。前年九月，去委内瑞拉开会，我存也吵着要去。我就跟她谈条件，说她如果要去，就得学一点西班牙字，至少得知道要买的东西是几块 bolívares。为了教她，我自己不免加倍努力。在加拉加斯机场到旅馆的途中，我们认出了山道旁告示牌上大书的 agua，高兴了好半天。新学一种外文，一切从头开始，舌头牙牙学语，心头也就恢复了童真。从那时候起，我已经坚持了将近一年半：读文法，玩字典，背诗，听唱片，看英文与西班牙文对照的小说译本，几乎无日间断。

我为什么要学西班牙文呢？首先，英文已经太普通了，似乎有另习一种“独门武功”的必要。其次，我喜欢西班牙文那种子音单纯母音圆转的声调，而且除了 h 之外，几乎有字母就有声音，不像法文那么狡猾，字尾的子音都噤若寒蝉。第三，我有意翻译艾尔·格列科的传记，更奢望能用原文来欣赏洛尔卡、聂鲁达、达里奥等诗人的妙处。第四，通了西班牙文之后，就可得陇望蜀，进窥意大利文，至于什么葡萄牙文，当然也在觊觎之列，其顺理成章，就像闽南话可以接通客家话一样。

这些虽然都只是美丽的远景，但凭空想想也令人高兴。“一事能狂便少年”，狂，正所以解忧。对我而言，学西班牙文就像学英文的人有了“外遇”：另外这位女人跟家里的那位大不相同，能给人许多惊喜。她说“爸爸们”，其实是指父母，而

“兄弟们”却指兄弟姐妹。她每逢要问什么或是叹什么，总要比别人多用一个问号或惊叹号，而且颠来倒去，令人心乱。不过碰上她爱省事的时候，也爽快得可爱：别人说 neither... nor，她说 ni... ni；别人无中生有，变出些什么 do, does, doing, did, done 等等戏法，她却嫌烦，手一挥，全部都扫开。别人表示否定，只说一声“不”，而且认为双重否定是粗人的话；她却满口的“瓶中没有无花”，“我没有无钱”。英文的规矩几乎都给她打破了，就像一个人用手走路一样，好不自由自在。英文的禁区原来是另一种语言的通道，真是一大解放。这新获的自由可以解忧。我一路读下去，把中文妈妈和英文太太都抛在背后，把烦恼也抛在背后。无论如何，我牙牙学来的这一点西班牙文，还不够用来自寻烦恼。

而一旦我学通了呢，那我就多一种语文可以翻译，而翻译，也是解忧的良策。译一本好书，等于让原作者的神灵附体，原作者的喜怒哀乐变成了你的喜怒哀乐。“替古人担忧”，总胜过替自己担忧吧。译一本杰作，等于分享一个博大的生命，而如果那是一部长篇巨著，则分享的时间就更长，神灵附体的幻觉当然也更强烈。法朗士曾说好批评家的本领是“神游杰作之间而记其胜”；翻译，也可以说是“神游杰作之间而传其胜”。神游，固然可以忘忧。在克服种种困难之后，终于尽传其胜，更是一大欣悦了。武陵人只能独游桃花源，翻译家却能把刘子骥带进洞天福地。

我译《梵高传》，是在三十年前；三十多万字的巨著，前后译了十一个月。那是我青年时代遭受重大挫折的一段日子。动手译书之初，我身心俱疲，自觉像一条起锚远征的破船，能不能抵达彼岸，毫无把握。不久，梵高附灵在我的身上，成了我的“第二自己(alter ego)”。我暂时抛开目前的烦恼,去担梵高之忧,去陪他下煤矿,割耳朵,住疯人院,自杀。梵高死了,我的“第二自己”不再附身,但是“第一自己”却解除了烦忧,恢复了宁静。那真是一大自涤,无比净化。

悲哀因分担而减轻,喜悦因共享而加强。如果《梵高传》能解忧,那么,《不可儿戏》更能取乐了。这出戏(原名 *The Importance of Being Earnest*)是王尔德的一小杰作,用他自己的话来形容,“像一个空水泡一样娇嫩”。王尔德写得眉飞色舞,我也译得眉开眼笑,有时更笑出声来,达于书房之外。家人问我笑什么,我如此这般地口译一遍,于是全家都笑了起来。去年六月,杨世彭把此剧的中译搬上香港的戏台,用国语演了五场,粤语演了八场,丰收了满院的笑声。坐在一波又一波的笑声里,译者忘了两个月伏案的辛劳。

译者没有作家那样的名气,却有一点胜过作家。那就是:译者的工作固定而现成,不像作家那样要找题材,要构思,要沉吟。我写诗,有时会枯坐苦吟一整个晚上而只得三五断句,害得人带着挫折的情绪掷笔就枕。译书的心情就平稳多了,至少总有一件明确的事情等你去做,而只要按部就班去做,总可以指日完工,不会有一日虚度。以此解忧,要比创作来得可靠。

翻译是神游域外,天文学则更进一步,是神游天外。我当然是天文学的外行,却爱看阿西莫大等人写的入门书籍,和令人遐想欲狂的星象插图。王羲之在《兰亭集序》里有“仰观宇宙之大,俯察品类之盛”的句子;但就今日看来,晋人的宇宙观当然是含糊的。王羲之的这篇名作写于四世纪中叶,当时佛教已传来中国,至晋而盛。佛教以一千个小世界为小千世界,

合一千个小千世界为中千世界,再合一千个中千世界为大千世界:所以大千世界里一共是十亿个小世界。据现代天文学家的推断,像太阳这样等级的恒星,单是我们太阳系所属的银河里,就有一千亿之多,已经是大千世界的一百倍了;何况一个太阳系里,除九大行星之外,尚有三十二个卫星,一千五百多个小行星,和若干彗星,本身已经是一个小千世界,不止是小世界了。这些所谓小行星(asteroids)大半漂泊于火星与木星之间,最大的一颗叫西瑞司(Ceres),直径四八〇英里,几乎相当于月球的四分之一。

太阳光射到我们眼里,要在太空中飞八分钟,但要远达冥王星,则几乎要飞六小时。这当然是指光速。喷射机的时速六百英里,只有光速的一百十一万六千分之一;如果太阳与冥王星之间可通飞机,则要飞六百九十六年才到,可以想见我们这太阳系有多敻辽。可是这比起太阳和其他恒星之间的距离来,又渺乎其微了。太阳和冥王星的距离,以光速言,只要算小时,但和其他恒星之间,就要计年了。最近的恒星叫人马座一号(Alpha Centauri),离我们有四点二九光年,也就是二十五兆英里。在这难以体会的浩阔空间里,什么也没有,除了亘古的长夜里那些永恒之谜的簇簇星光。这样的大虚无里,什么戈壁,什么瀚海,都成了渺不足道的笑话。人马座一号不过是太阳族的隔壁邻居,已经可望而不可即,至于宇宙之大,从这头到那头,就算是光,长征最快的选手了,也要奔波二百六十亿年。

"仰观宇宙之大"谈何容易。我们这寒门小族的太阳系,离银河的平面虽只四十五光年,但是跟盘盘囷囷的银河涡心却相距几乎三万光年。譬如看戏,我们不过是边角上的座位,哪里就觑得真切。至于“俯察品类之盛”,也有许多东西悖乎我们这小世界的“天经地义”。一年是三百六十五天,一天是二十四小时吗?木星上的一年却是地球上的十二年,而其一日只等于我们的十小时。水星的一年却只有我们的八十八天。太阳永远从东边起来吗?如果你住在金星上,就会看太阳从西天升起,因为金星的自转是顺着时针方向。

我们常说“天长地久”。地有多久呢?直到十九世纪初年,许多西方的科学家还相信圣经之说,即地球只有六千岁。亥姆霍兹首创一千八百万年之说,但今日的天文学家根据岩石的放射性变化,已测知地球的年龄是四十七亿年。天有多长呢?据估计,是八百二十亿年。今人热衷于寻根,可是我们世世代代扎根的这个老家,不过是漂泊太空的蕞尔浪子,每秒钟要奔驰十八英里半。而地球所依的太阳,却领着我们向天琴座神秘的一点飞去,速度是每秒十二英里。我们这星系,其实是居无定所的游牧民族。

说到头来,我们这显赫不可仰视的老族长,太阳,在星群之中不过是一个不很起眼的常人。即使在近邻里面,天狼星也比它亮二十五倍,参宿七(Rigel)的亮度却为它的二万五千倍。我们的地球在太阳家里更是一粒不起眼的小丸,在近乎真空的太空里,简直是无处可寻的一点尘灰。然则我们这五呎几寸、一百多磅的欲望与烦恼,又有什么值得大惊小怪呢?问四百六十光年外的参宿七拿破仑是谁,它最多眨一下冷眼,只一眨,便已经从明朝到了现今。

读一点天文书,略窥宇宙之大,转笑此身之小,蝇头蚁足的些微得失,都变得毫无意义。从彗星知己的哈雷(Edmund Halley, 1656—1742)到守望变星(Variable star)的赫茨普龙

(Ejnar Hertzsprung, 1873—1967),很多著名的天文学家都长寿:哈雷享年八十六,赫茨普龙九十四,连饱受压迫的伽利略也有七十八岁。我认为这都要归功于他们的神游星际,放眼太空。

据说太阳也围绕着银河的涡心旋转,每秒一百四十英里,要二亿三千万年才巡回一周。物换星移几度秋,究竟是几度秋呢?天何其长耶地何其久。大宇宙壮丽而宏伟的默剧并不为我们而上演,我们是这么匆忙这么短视的观众,目光如豆,怎能觑得见那样深远的天机?在那些长命寿星的冷眼里,我们才是不知春秋的蟪蛄。天文学家说,隔了这么远,银河的涡心还能发出这样强大的引力,使太阳这样高速地运行,其质量必须为太阳的九百亿倍。想想看,那是怎样不可思议的神力。我们奉太阳为神,但是太阳自己却要追随着诸天森罗的星斗为银河深处的那一蕊光辉奔驰。那样博大的秩序,里面有一个更高的神旨吗?“九天之际,安放安属?隅隈多有,谁知其数?”两千多年前,屈原已经仰天问过了。仰观宇宙之大,谁能不既惊且疑呢,谁又不既惊且喜呢?一切宗教都把乐园寄在天上,炼狱放在地底。仰望星空,总令人心胸旷达。

不过星空高邈,且不说远如光年之外的蟹状星云了,即使太阳系院子里的近邻也可望而不可攀。金星表面热到摄氏四百度,简直是一座鼎沸的大火焰山,而冥王星又太冷了。不如去较近的“远方”旅行。

旅行的目的不一,有的颇为严肃,是为了增长见闻,恢宏胸襟,简直是教育的延长。台湾各大学例有毕业旅行,游山玩水的意味甚于文化的巡礼,游迹也不可能太远。从前英国的大学生在毕业之后常去南欧,尤其是去意大利“壮游”(grand tour)：出身剑桥的弥尔顿、格雷、拜伦莫不如此。拜伦一直旅行到小亚细亚，以当日说来，游踪够远的了。孔子适周，问礼于老子。司马迁二十岁"南游江淮，上会稽，探禹穴，窥九疑，浮于沅湘；北涉汶泗，讲业齐鲁之都，观孔子之遗风……"也是一程具有文化意义的壮游。苏辙认为司马迁文有奇气，得之于游历，所以他自已也要"求天下奇闻壮观，以知天地之广大。过秦汉之故都，恣观终南嵩华之高，北顾黄河之奔流，慨然想见古之豪杰"。

值得注意的是：苏辙自言对高山的观赏，是"恣观"。恣，正是尽情的意思。中国人面对大自然，确乎尽情尽兴，甚至在贬官远谪之际，仍能像柳宗元那样"自肆于山水间"。徐文长不得志，也"恣情山水，走齐鲁燕赵之地，穷览朔漠"。恣也好，肆也好，都说明游览的尽情。柳宗元初登西山，流连忘返以至昏暮，"心凝形释，与万化冥合。"游兴到了这个地步，也真可以忘忧了。

并不是所有的智者都喜欢旅行。康德曾经畅论地理和人种学，但是终生没有离开过科尼斯堡。每天下午三点半，他都穿着灰衣，曳着手杖，出门去散步，却不能说是旅行。崇拜他的晚辈叔本华，也每天下午散步两小时，风雨无阻，但是走来走去只在菩提树掩映的街上，这么走了二十七年，也没有走出法兰克福。另一位哲人培根，所持的却是传统贵族的观点；他说："旅行补足少年的教育，增长老年的经验。"

但是许多人旅行只是为了乐趣，为了自由自在，逍遥容与。中国人说"流水不腐"，西方人说"滚石无苔"，都因为一直在动的关系。最浪漫的该是小说家斯蒂文斯了。他在《驴背行》里宣称："至于我，旅行的目的并不是要去哪里，只是为了

前进。我是为旅行而旅行。最要紧的是不要停下来。”在《浪子吟》里他说得更加洒脱：“我只要头上有天，脚下有路。”至于旅行的方式，当然不一而足。有良伴同行诚然是一大快事，不过这种人太难求了。就算能找得到，财力和体力也要相当，又要同时有暇，何况路远人疲，日子一久，就算是两个圣人恐怕也难以相忍。倒是尊卑有序的主仆或者师徒一同上路，像“吉诃德先生”或《西游记》里的关系，比较容易持久。也难怪潘耒要说“群游不久”。西方的作家也主张独游。吉普林认为独游才走得快。杰佛逊也认为：独游比较有益，因为较多思索。

独游有双重好处。第一是绝无拘束，一切可以按自己的兴趣去做，只要忍受一点寂寞，便换来莫大的自由。当然一切问题也都要自己去解决，正可训练独立自主的精神。独游最大的考验，还在于一个人能不能做自己的伴侣。在废话连篇假话不休的世界里，能偶然免于对话的负担，也不见得不是件好事。一个能思想的人应该乐于和自己为伍。我在美国长途驾驶的日子，浩荡的景物在窗外变幻，繁富的遐想在心中起伏，如此内外交感，虚实相应，从灰晓一直驰到黄昏，只觉应接之不暇，绝少觉得无聊。

独游的另一重好处，是能够深入异乡。群游的人等于把自己和世界隔开，中间隔着的正是自己的游伴。游伴愈多，愈看不清周围的世界。彼此之间至少要维持最起码的礼貌和间歇发作的对话，已经不很清闲了。有一次我和一位作家乘火车南下，作联席之演讲，一路上我们维持着马拉松对话，已经舌敝唇焦。演讲既毕，回到旅舍，免不了又效古人连床夜话，几乎通宵。回程的车上总不能相对无语啊，当然是继续交谈啦，不，继续交锋。到台北时已经元气不继，觉得真可以三缄其口，三年不言，保持黄金一般的沉默。

如果你不幸陷入了一个旅行团，那你和异国的风景或人民之间，就永远阻隔着这么几十个游客，就像穿着雨衣淋浴一般。要体会异乡异国的生活，最好是一个人赤裸裸地全面投入，就像跳水那样。把美景和名胜用导游的巧舌包装得停停当当，送到一群武装着摄影机的游客面前，这不算旅行，只能叫做“罐头观光”(canned sightseeing)。布尔斯廷(Daniel J. Boorstin)说得好：“以前的旅人(traveler)采取主动，会努力去找人，去冒险，去阅历。现在的游客(tourist)却安于被动，只等着趣事落在他的头上；这种人只要观光。”

古人旅行虽然备尝舟车辛苦，可是山一程又水一程，不但深入民间，也深入自然。就算是骑马，对髀肉当然要苦些，却也看得比较真切。像陆游那样“细雨骑驴入剑门”，比起半靠在飞机的沙发里凌空越过剑门，总有意思得多了。大凡交通方式愈原始，关山行旅的风尘之感就愈强烈，而旅人的成就感也愈高。三十五年前我随母亲从香港迁去台湾，乘的是轮船，风浪里倾侧了两天两夜，才眺见基隆浮在水上。现在飞去台湾，只是进出海关而已，一点风波、风尘的跋涉感都没有，要坐船，也坐不成了。所以我旅行时，只要能乘火车，就不乘飞机。要是能自己驾车，当然更好。阿拉伯的劳伦斯喜欢高速驰骋电单车，他认为汽车冥顽不灵，只配在风雨里乘坐。有些豪气的青年骑单车远征异国，也不全为省钱，而是为了更深入，更从容，用自己的筋骨去体验世界之大，道路之长。这种青年要是想做我的女婿，我当会优先考虑。

旅人把习惯之茧咬破，飞到外面的世界去，大大小小的烦恼，一股脑儿都留在自己的城里。习惯造成的厌倦感，令人迟

钝。一过海关,这种苔藓附身一般的感觉就摆脱了。旅行不但是空间之变,也是时间之变。一上了旅途,日常生活的秩序全都乱了,其实,旅人并没有“日常”生活。也因为如此,我们旅行的时候,常常会忘记今天是星期几,而遗忘时间也就是忘忧。何况不同的国度有不同的时间,你已经不用原来的时间了,怎么还会受制于原来的现实呢?

旅行的前夕,会逐渐预感出发的兴奋,现有的烦恼似乎较易忍受。刚回家的几天,抚弄着带回来的纪念品像抚弄战利品,翻阅着冲洗出来的照片像检阅得意的战绩,血液里似乎还流着旅途的动感。回忆起来,连钱包遭窃或是误掉班机都成了趣事。听人阔谈旅途的趣事,跟听人追述艳遇一样,尽管听的人隔靴搔痒,半信半疑之余,勉力维持礼貌的笑容,可是说的人总是眉飞色舞,再三交代细节,却意犹未尽。所以旅行的前后都受到相当愉快的波动,几乎说得上是精神上的换血,可以解忧。

当然,再长的旅途也会把行人带回家来,靴底黏着远方的尘土。世界上一切的桥,一切的路,无论是多少左转右弯,最后总是回到自己的门口。然则出门旅行,也不过像醉酒一样,解忧的时效终归有限,而宿酲醒来,是同样的惘惘。

写到这里,夜,已经深如古水,不如且斟半杯白兰地浇一下寒肠。然后便去睡吧,一枕如舟,解开了愁乡之缆。

1985 年 3 月 10 日

醉丹青

◎鲁光

“你不是说先停一段时间不画了吗?”一大早,妻子走进我的画室兼书房“五峰斋”,发现我正临窗挥毫涂抹,不禁有几分惊讶。

是的,近两年来,我在书案上铺了一张毡子,摆上了笔砚,几乎把业余时间都花在丹青上了。可以说,是没日没夜地画。画稿常常贴满墙,铺满一地,有时连插脚之地都没有。

“我看你是画疯了!”妻子见我对水墨丹青痴迷到这种程度,不禁感叹起来,“像你这么画下去,恐怕连傻子也能成为画家呢!”

记不得哪位名人说过,一个人如果对自己所爱的事业不迷恋到发疯发狂的程度是不会有成就的。我对于中国写意画,虽不敢言要有多大成就,但迷恋之深却是连自己也始料不及的。

对艺术之爱,是从孩提时代开始的。在故乡,过年时家家户户的窗上,总要贴上几张剪纸。我常常站到那些贴着剪纸的窗前,兴味很浓地细细琢磨,那游动的金鱼,仰头啼叫的山鸟,扬尾的公鸡,还有各种各样的山花,都深深地印在我儿时的脑海里。上了初中,我要好的同窗有两类,一类是爱写作的,一类是爱画画的。我还与一位在母校画画颇有名气的同

窗合作过一次，专门为他写了一个连环画的脚本。更令人难忘的是，上美术课时，我临摹过一幅董存瑞的连环画，居然得了满分。这件事对我的刺激好大呀，直到进入知天命之年之后，依然念念不忘。

虽然上大学我念了俄文，后来又攻读中国语言文学，走上社会，成了一名以文字为生的记者，而且有幸闯进了作家的行列，一本接一本出了不少书，但深藏在心底的对美术的挚爱之火并未熄灭。

"文人画，文人画，就是文人画的画。你是搞文字的，不妨也拿起笔来画点画。"七十年代末，一个偶然的机会，我来到了当代著名画家李苦禅先生的画室，神聊一阵之后，这位年逾八十的老人，很随意地提出了这个建议。

"我给你画张画，你点吧！"有一天，苦禅先生豪爽地说。

"你的画那么贵重，我不敢开口要呀！"我虽然对苦老的画爱之甚深，但一直抹不开脸求画。

"朋友不能讲钱，讲钱就不是朋友。"苦禅老人的豪爽是出名的。

"鹰是我的代表作，给你画只鹰吧！"见我不点题，苦禅自己作出了这个决定。

我的友人、著名画家刘勃舒早就叮嘱过我："你与苦老那么熟，还不求他一张画。就求他画鹰。他的鹰画得好。"

如今，苦禅老人主动提出来给我画鹰，面子好大呀！

这是我平生头一次见一位名家大师挥毫作画。

我仔细地看着苦老挥毫运笔。一边画，一边说，苦老真的把我当成他的弟子似的。

约摸画了一个钟头，一只屹立在巨石上的神态憨厚而又勇猛的鹰,活脱脱地展现眼前。那黑色的鲜亮,那运笔的苍劲,那构图的胆略,无不使我震惊折服。

每当我瞧见挂在墙上的苦老的这幅精品,就有一种画画的冲动。于是,我买了宣纸,开始画画,起先是画鸡,尔后又画鱼。也就画这一两种东西,一直画了七八年,而且是断断续续。

有一天,我去中国画研究院常务副院长刘勃舒画室拜访老友,碰巧他到别的办公室去了,画案上笔、墨、纸都现成的,手一痒痒,就抓起笔涂了三只小鸡。勃舒回来时,瞧见画案上的画,问道:"刚才谁来了?"

"没有别人来过呀!"我答道。

"那这幅画是谁画的呀?"勃舒边问边将那小幅画挂了起来。

我有点不安地说:"是我瞎涂的。"

"画得不错,恐怕你以后再也画不出来了!"他居然给了这么一个出人意料的评价。弄得我真不好意思,一时都不知道如何回答才好。

勃舒拿起笔,在这幅画上题字,"此画确有意味"。题毕,又盖上章。他说:"这句话,是徐悲鸿老师当年在我画的一幅马的画上的题字。"

受到勃舒意外的赞扬和鼓励,我对画画的信心又增加了几分。于是,画得更勤奋了一些。

愈画兴趣愈浓。虽然我的一些好友如徐希、张广、古干等,都是当今画坛之名家,但正因为都是一些好友,所以在他们面前,我常常班门弄斧,抓笔狂涂乱抹。当然,每次涂抹之后,总能得到他们不少真诚、有益的指点。

我从小放过牛，对此物有偏爱。而张广是画牛高手，曾有《百牛图》问世。得空，我就骑上车，跑到他的画室瞧他画牛。有一回，我终于管不住自己的手，居然抓起笔，照着挂在墙上的两头牛，画了起来。张广自己在作画，起先没有注意我在干什么，后来瞧见我刚刚画成的水墨淋漓的两头牛，有几分惊讶地问道："鲁兄，牛你画了几年了？"

"这是我头一回画牛！"我不好意思地回答，"以前我画过鸡，稍稍知道一点用笔用墨。"

张广提笔在我的习作上题了一句话，"鲁光兄初次画牛颇有灵气"。

画画这玩意儿，也挺神奇的。头一回画牛，还真有点味，可回到家愈画愈不像，画到后来，我觉得牛头还有点像，后半身简直像猪。那一年，我有一个南行的机会，一路上眼睛就盯着山野里的牛，而且专门观察牛的后半身。还拍了一卷照片，专拍牛的种种姿态，惹得牧童发问："你这个人怪有意思的，只拍牛，不照人。"一位漫画家幽默地说："鲁光这两年是专攻牛屁股。"

我为一位朋友画的牛，居然在崇文区首届民间艺术节获奖了，尔后又在腾飞美展中获奖。得全国文学奖时我高兴过，但画得奖时的高兴劲，却远远超过了得文学奖。

从一九八五年之后，我有幸结识了当代写意花鸟画大师崔子范先生。他的画粗犷厚实、墨色强烈，富有民间味，极具现代感，是齐白石之后最有发展的一位花鸟画大家。我为他宣传，他收我为入室弟子。如果说拜师，这次是真拜师了。一拜师，自信心更强了，画得也更勤了，简直到了废寝忘食的程度。

本来，我画画，一是喜欢；二是想稍为懂一点丹青，写起画家来不至于太外行；三是行政事务繁杂，生活中矛盾多，常常闹得头脑发紧，心情紊乱，画画可以换换脑子，有利于身心健康。

入夜之后，万籁俱寂，潜心纸墨之中，高兴时借画抒情，寡欢时借画消遣，郁闷时借画发泄，忘情地涂，忘情地抹，暂时忘却窗外的一切。而且，我爱站着画，画上个把钟头，就浑身发热。书画延年，也许正是这个道理。

几年下来，画上瘾了。一上瘾，就很难戒掉。况且画画有那么多的好处，又何必人为地去戒掉呢！画累了，我放下画笔，铺开稿纸，继续去写我想写的文章。写累了，就收起纸笔，沉醉到我的丹青世界中去，画我心中的牛，梦中的花……

自从有了丹青这位“恋人”，世界变得更宽广美丽了，人生变得更有情有趣了，人也活得更洒脱快乐。

野花香醉后

◎孙福熙

六点钟起身，见光度很强，由窗外反射而入室内。这光度虽强，但光色不红，知不是晴天的红日；故我想，或者昨夜下了雪；然而，这里虽较冷，想总不会在八月间下雪的。因为急欲解决这个疑问，故我刚才所述的一番观察与思考的功夫只费了几秒钟；而且并不能说：我为了想解决这个疑问，费了几秒钟，因为我一边正在这样地观察与思考，一边却在披衣，倘若我不这样地观察与思考，这几秒钟原要消费在披衣上的。到了观察与思考的最后一秒钟，衣服也已经披上了，于是我忙着揭开窗帘，果然，一望皆白如大雪之后，非但填平高低，而且接连天地。这是朦胧的重雾。

我醉了酒似的，仿佛是有翼的鸟，灌了气的皮球似的，仿佛是有鳔的鱼。因为是酣醉，所以看了室内的错杂的东西，模糊不清的不在眼中；因为是皮球，所以接触物体便发生高亢的弹力。肩着画具，不知道重；踏在带露的草上，不知道湿。我被包围在隔着白雾的万绿丛中作画，头脑还是渐渐地扩大而且飘舞，胸腔和谐地起伏，为吟咏“呼吸自然的香美”的歌曲拍节。

这时云雾捣成碎片，如流水上的落花与浮萍，落花被流水所爱，牵了手去了，浮萍打着回旋等候流水们送来的知己；山峰最喜欢儿嬉，忽高忽低，忽左忽右，与白云追赶或者逃避，有时躲在很远的地方，然而不久又回到我的眼前了；风似乎是妒忌，然而仍是高兴似的，赶跑了云的群众，他们渐渐地退下去，虽然没有抵抗，却已变了脸色，然而新的群众又补充了这个社会；只有树是不怕什么威风的，他摇摇摆摆，嘻嘻哈哈地做出许多讥讽的样子，他决不肯退让，然而他究竟暗中吃苦，洒洒的落泪；也许有两个小虫，为了要吃一个更小的虫的权利问题，正在争闹，适巧，因为抵抗威风而自己吃苦的树的一滴暗泪，掉在这三个小虫之上，三个虫都夹泥带水地挣扎，而且同声说：

"谁吃了饱饭，这样高兴，用了唾沫来沉溺我！"

小虫曾受了其余两个爪牙的伤害，已不能支持了，狠狠地说：

"死了他们两个岂不很好！"

于是先死了，他们俩呢，相互说：

"倘若没有你，我早已吃过小虫了！"

于是两个同时也死了。这社会中的事情，必比我所见闻的想象的繁复到无数倍，然而我没有到他们的民间去，所知道的，只是浮泛的几件罢了。他们的这番变幻，大概都是瞒了太阳做的；等太阳开了眼，在云缝中一窥，大家都涨红了脸，羞耻地微笑了。我想画这个社会的变幻现象，就是不到民间去，只就浮泛而论，画一千幅也还不足，倘用快照，照一万片也还是不能尽，我的区区一幅画算得什么呢！吾友V君常宣传他在杂志上发表的文章之一篇中的主张，劝人对电影作漫画，为描写社会的动向者的一个进阶，他以为电影虽只是单片的集合体，但两单片之间各有动象，然而在作画的时节，比真的活的

动象容易画得多了。我于很赞成他的这等活的教授法之后，或者可以借口于他的话，说：我的画中是包含无数动象的，算是我只以一幅画表现这样变幻的社会的解辩。

飞也似的到了数十丈路远之处，蹲在大路旁的沟中，画那隔了白杨的村舍，参差的红的屋顶，在果树丛中，因雾的流动而出没，如月下看红花，风吹花动，如池中看金鱼，水波成纹。最醉人的是眼前的黄白野花，他们不示人以瓣萼的形状，只是忽聚忽散的无数细点，他们不如香水的揭开瓶盖必发香气，只是若有若无的略可捉摸，我总怀疑，这或者是在梦中，否则何以让我独醉在这样的连幻想中都未曾有过的香甜乡中呢？我虽然知道我是醉了，而且是在梦中，然而觉得心境反清快多了，于是名这画为“野花香醉后，提笔心更清”。

第三张是进村中画村外刚才作画之地了，走到这里，才知道刚才那里并不是梦，要到这里才是做梦哩——然而我或者真的是在梦中，我分别不清楚了，倘若这里的不是梦，那么那里的当是梦了。小孩们围绕在我的身边较远之处，其中一个是挂着鼻涕的男孩，一个是以右手的食指放在唇边的女孩，小孩的圈子以外是山羊，更远是母牛，我在这围阵中作画。小孩们的母亲们来叫唤他们的小孩，在小孩们的流连中，她们也迟疑了。其中的一位是颇认识我的，她问我：

“孙先生，你在礼拜日也做工吗？”

“是的，因为雾未必肯等我到礼拜一呢！”我说。

在她的旁边，发出另一个女子的声音，然而我未曾抬起头来看她究竟是怎样的一个人，她很轻地说：

“他大概不信宗教的，所以星期日还是做工的。”

云雾忽然地远去了，我追赶至山崖，尽我的目力，送它到天边——这又是一个海天远别！天际有黄有红，是黄海，是红海；山峰浮出雾上，是海中的小岛。一样景象，一样相思！山与树经雾的洗刷而更清，他已一扫尘浊而去了。小镇的瓦屋及白杨，参差而有行列，不如地图的块红块绿，然而是变化有致，不如军队的一纵一横，然而是自成条理，这或者就是艺术家所找的原则，所以名为活泼，名为调和，名为生命，或名为灵魂者是也。

回到寓所，还不过午间，R 夫人正在预备午餐，因为这是礼拜日，所以食品很丰。大家看画，似乎都说我可享此盛餐而无愧了。

我想：半天工夫画四幅，一天画八幅，十天八十幅……倘若从初作画起，就这样肯画，到现在，不知有若干幅了！

我口在吃，又在说，但心还是醉在梦中，忽聚忽散的细花，忽有忽无的微香，在云雾中飘动，我愿永远地醉在这个梦中！

茶之醉

◎叶文玲

并非茶道里手，更不是品茶行家，皆因茶的无与伦比的魅力，使我这只会喝“大碗茶”的人，也想说一通关于茶的痴话。

“水甜幽泉霜雪魄，茶香高山云雾质。”茶的品格可谓高矣！行家道得好：茶，是一杯淡，二杯鲜，三杯甘又醇，四杯五杯韵犹存。如此品饮，自是品出茶的神魂底骨。我还尤为赞同这个发现：喝茶可滤梦。

二十多年前，我曾被一支歌曲撩起了浓浓的乡思，撩拨得那样神魂颠倒，于是，接连几夜，我美梦连绵，梦中，我变成了恣肆快活的“叫天子”，逍遥翩飞在故乡的青青茶园，那歌曲，便是至今享誉荧屏舞台的《采茶舞曲》。

茶，能歌亦能舞的茶，品雅味且醇，是世人公认的无酒精最佳饮料。酒不醉人人自醉，茶亦然；茶还能醒酒，品位自然比酒更高出一筹。

茶，入诗又入画的茶，解忧助文思，在与饮食、医药、园艺、陶瓷、科技、文学、宗教、礼仪、民俗等众多领域的因缘上，堪称物中之最。关于茶的戏文，关于茶的诗画，更是清妙隽永无以数计。我难以忘怀一篇关于茶的奇文，作者的慧眼，不但青睐茶的自由洒脱的生，更独识了茶的“壮烈而缠绵的死”，那是一首《茶之死》的绝唱！茶，确确实实是以自身的一脉苦涩，酿就了遍地清芬。诗人闻一多,曾称自己的粮食是“一壶苦茶”。茶的奉献与牺牲精神,堪与革命志士的崇高境界相映照融一体。茶,既是他们的精神食粮,亦是他们的精神象征,无怪沉醉墨海的人,没有一个不爱茶。

不久前,我再次被茶的神话迷恋得颠三倒四,那是在参观西子湖畔双峰村的中国茶叶博物馆之后。

用不着我来做广告文字,这座为弘扬中华民族茶文化而建的博物馆,将会与西子湖的每一处美妍绝伦的景点一样,嵌入游人茶客的心屏。所以,我还是忍不住要说,虽然彼时只是匆匆一游,但当我依次观瞻了茶史、茶萃、茶具、茶事、茶俗五个展厅,当我粗粗得知了茶之种、茶之制、茶之藏、茶之用、茶之饮等有关茶事之后,我无异于听了一堂别开生面的历史和美学课。浮立在青青茶海中的“茶博”,无疑是灿烂的中华文化又一袖珍本。虽然感叹自己这辈子绝对成不了“茶博士”,却极愿身心俱得碧玉色琥珀光的茶汁常洗涤,如若能像茶树一样生得坦荡,活得蓬勃,即便火烹水煎,亦不枉一生。

不怕得罪酒仙们,我还想说一句:尽管酒与茶常相亲,茶却比酒更高洁。酒固然与诗更结缘,但酒酣耳热之际,常常会成酒糊涂;因酩酊而误国误军机的凡例,更不胜枚举。酒喝到极处,充其量只能成为酒仙;品茗饮茶,却能化仙成圣。“茶圣”陆羽的《茶经》,在一千余年前就赫赫然载入史册,而好像还没有一部什么酒经,能与之均衡,更没有谁因为是“酒圣”,而歆享世人的膜拜和崇敬。

世事很多是令人费思量的。虽然在发现和利用茶上,中国是世界之最,但是,比之轰然而起四方响应的酒文化热,茶文化的进一步倡导和研究,在当今,既显得姗姗来迟又相形清

淡。君子之交淡如水早有古训，但在某些据说是“无法替代”的场合，依然是肴如山叠，酒若水流。而在下自己，有时也在这样的场合中，一边不会喝也得喝地抿两口，一边惶惶然地继续那费思量的思量。

于是又想到兰亭。兰亭书法节是伴着绍兴一年一度的酒文化出场的。曲水流觞，流的是酒杯，但当外国友人或游客们兴尽人散后，一杯清茗可不可以照流不误呢？我想，只此改革，“书圣”王羲之即便地下有知，也不会抗议的。

忽又联想到文学，想到散文，于是，我又确认：“洁性不可污”的茶，其品位就像散文，而骨格清奇非俗流的散文就是色香味俱绝的好茶。

多么希望天下茶客多于酒徒，多么欣喜茶家——散文家的队伍浩浩荡荡愈来愈壮大。

这可不是醉话。

1991 年 7 月

茶醉

◎姚宜瑛

温柔的月色使人醉；在青春如好花新放时也醉；或历练过人世沧桑又远离了故乡，再凝视孩童天使般小脸也醉；跋涉过好长好远的生命旅程，中年后幸得好心情和闲暇，来回顾自己初为父母的欣喜和快乐也醉；当然，饮美酒亦醉。如友伴好、风好、竹好、山水好，品好茶也会醉。

四月下旬，雨后初晴的好天气，天微微阴，偶有日影在微凉的风中飞去，仿佛是江南暮春气息。我们三辆车由痖弦领头，带着一群爱茶的同好，驶向乌来山谷去尝好茶。

久雨把路树洗得青碧苍翠。入山区后，屡见山畔有白色的花朵，缀在万绿之中，虽然是掠眼而过，仍识得是素雅美丽的野百合。近几年，我们在马路畔或安全岛上，常看到一片繁茂的花树，如红木棉、新品种的矮杜鹃、洛阳花、万寿菊和各种海棠……使我们的居住环境增添优美高雅的气息，这是台北市美丽的进步。过日子有余绪才能顾及生活的品质和内涵；精致文化必定要有富足安定来做底子。

我们一行人憩息在巨龙山庄二楼，面向一山灵秀逼人的修竹，楼窗下竟伸展着一条柔顺的小溪，溪水清澈见底，轻吟着游过两旁的乱石，悠然下山去。都市人见惯火柴匣式的水泥公寓，和阴暗的玻璃帷幕，见到溪床上笨拙朴实的石块，心

里有说不尽的欢喜。我真想坐在溪畔乱石上喝茶，把脚放在溪水里嬉戏。

一般人习惯泡茶的方式，都是唐朝喝茶老祖宗陆羽式；把茶叶入壶，加开水或微开或起鱼眼泡的热水。而我们此刻要欣赏的是，俗花。正是日前许多茶艺馆沸沸扬扬提倡的方式。我们分三组围茶桌静坐，楼外山鸟清亮的歌声，好像也要来分享我们的好茶。

精于茶的王昭文先生，递给我们几只名壶轮流欣赏。我对壶有极深的感情。先父和母亲讲究生活艺术，先父尤嗜好茶。我故乡宜兴出产有名的贡茶、阳羡茶和名闻世界的紫砂茶壶，亲戚间家家有几把世代相传的名壶。父亲常用的茶壶，深沉如暮霭般暗紫，隐隐有丝缎柔美的光泽，盈盈在握，仿佛是一握温润的古玉。童年的我，常常在父亲书桌上偷啜一口，“爸爸的茶好苦哇！”好苦好苦的茶，苦后甘来，那芬芳甘美的余味缠绵直到几十年后的今天。我的爱茶，想必是从偷喝父亲的一口好茶开始……

见到诗人季野和他主编的《茶与艺术》，文人办杂志是永不怕失败，永远前仆后继地情深。我记得他曾编过《眼镜杂志》都是很专门性的刊物。现在年轻人喜爱去茶艺馆喝茶会友，这是可喜的改变。社会进步和品质提升，即开拓专业杂志的需求。各种专门性的杂志，正可以提升我们繁荣进步后的精神文化。

泡茶看似极简单，但要把等量的茶叶、水沸量和时间配合得恰到好处，非有长时期的学习和经验不可。吃是艺术，泡好茶也是艺术。为我们这桌泡茶高手东正道先生，才三十二岁，他圆圆的脸上却是一派安详。我和司马、沈谦同桌。沈谦和临时有事缺席的亮轩，都温文尔雅，眉宇间蕴藉着中国几千年来读书人的风采和气质。我常称他们是今之古人。想必沈谦也精于茶艺，他竟看出东正道先生泡茶的手法似古玉，温润圆熟。

茶好了，茶好了，茶香轻扬。一杯杯地品尝，醇美之极的铁观音、带着浓郁果香的冻顶、嘉义梅山的包种，气味芬芳华丽……喝久了，相互又到邻桌去“串门子”，品尝不同种类的好茶。最后，我又喝了四杯色泽艳丽如葡萄酒、人品醇厚的乌龙。俗称“栟风茶”。据说“栟”在闽南语是“盖”或吹牛的意思。我问王昭文先生：明明是好茶，怎可说是“栟”。他只是安详地微笑作回答。也许生活里，许多俗称俚语就是这样地流传。王先生夫妇遍尝台湾名茶，镇日与茶为友，所以他们淳朴的脸上都很安详。这是爱茶的气质吗？看他们的年龄，正是二次大战后的新生代。他们在三十多年安定富足的生活中茁长，事业和经济有了深厚的基础，已是社会中有实力的中坚分子，因此，他们更有能力寻求精致生活的种种美好。

他们使我想起三十多年前，我在报社工作，曾多次环岛旅行。有一年春天，我们坐着老旧的吉普车，在南台湾简陋的公路上行驶。在林木苍苍的山路上，遇见一群群孩童，他们都赤着脚，像林中的小鹿，急行到十几里外的学校读书。那些天真的孩子，留给我深刻的记忆。我们曾照过一些相片，但已在我岁月流转中失落了。我相信，那天山路上赤脚的孩童，现在都已有了美好的生活。我真希望再看到他们，重温昔日春天山路上温馨的回忆。

回家后，一下午在山谷中品尝的各种好茶，都在我身体里活泼地潺动，多饮茶也会醉的。深夜，我在巷底小公园中散

步，好茶的甘香仍留在我口齿间。半月朦朦，被淡淡的月晕围绕，明天该有风吧！我走过沉沉的林荫小道，仿佛正穿过父亲书房门口高大的法国梧桐，走近父亲紫檀木的大书桌，偷啜一口小壶中苦涩甘美的好茶，那温暖的茶香一直在我生命中延续流动。那是父亲正直恬淡的血脉流传在我身上，使我领悟人世最难得的是恬淡和平凡。忽然，天上的月晕散去，银似的月光花花如流直泼下来。我浸在月光中，依稀见到那一行青翠如华盖的法国梧桐，那沉沉巨宅中的故园。我要乘着月光回去，回去寻找我逝去的父亲，寻找我的故乡……我真醉了。

月醉。

茶醉。

·附记：

俗语说同船过渡也是缘，那四月二十九日下午，乌来山谷中同享好茶也是缘了。是日同游有痖弦、司马中原、晓风、沈谦、张拓芜、洛夫、季野等诸文友，是为记。

敬　　启

因为某些技术上的原因,致使本书的个别作者尚未能联络上。敬请见书后,即与责任编辑联系,以便我们及时奉上样书与薄酬,并敬请见谅。